Milena Moser

Der junge Mann von gegenüber

Erzählungen

Rowohlt

Veröffentlicht im
Rowohlt Taschenbuch Verlag GmbH
Reinbek bei Hamburg, Januar 1996
Die Erzählungen der vorliegenden
Ausgabe wurden dem Band
«Das Schlampenbuch» entnommen
Copyright © 1993 by
Rowohlt Taschenbuch Verlag GmbH,
Reinbek bei Hamburg
Copyright © 1992 by Krösus Verlag, Zürich
Umschlaggestaltung Walter Hellmann/Beate Becker
(Foto Isolde Ohlbaum)
Gesetzt aus der Sabon (Linotronic 500)
Gesamtherstellung Clausen & Bosse, Leck
Printed in Germany
200-ISBN 3 499 22034 2

Inhalt

Die Entführung
7

Monatsbeschwerden
16

Der junge Mann
von gegenüber
28

Ein Opfer der Hormone
42

Eine andere Frau
58

Die Hochzeitsreise
70

Die Fernsehshow
84

Der Nachbar
100

Alles gelogen
112

Die Entführung

Es war an der Kreuzung direkt vor dem Belle-vue-Platz, nachmittags gegen halb zwei. Die Sonne hatte mich einen Augenblick lang geblendet. Ich sah ihn im allerletzten Moment. Mit langen Schritten lief er über die Straße. Keine zwei Meter von mir entfernt. Der Wind fuhr durch sein Haar. Sein Schritt war leicht. Grüne Hosen flatterten um seine dünnen Beine. Sein Gesicht konnte ich nicht sehen. Es ging alles viel zu schnell. Heftig betätigte ich die Klingel. Er drehte sich nicht einmal um. Mein Herz blieb stehen, klopfte dann unregelmäßig weiter. Viel zu laut. Vorsichtiger als sonst fuhr ich die Acht zur Haltestelle und brachte sie sanft zum Stehen.

Ich blickte in den Rückspiegel. Ich wartete. Das Lichtsignal blinkte. Ich beachtete es nicht. Erst kürzlich war wieder einer dieser Leserbriefe im Tagblatt erschienen, ein W. E. aus Z. (woher denn sonst) empörte sich, das Tram sei ihm vor der Nase abgefahren. Und das nicht zum ersten Mal! Man könnte meinen, die Fahrer machten das absichtlich, aus sadistischem Vergnügen. Nun, lieber W. E., das stimmt natürlich nicht, und wären Sie heute hier, würden Sie Ihre Anschuldigungen zurücknehmen müssen.

Ich wartete ungebührlich lange an der Haltestelle. Bis hinter mir die Neun ihr lila Auge zeigte. Widerwillig setzte ich den Tramzug in Bewegung und fuhr los. Ganz langsam nur. Ganz sanft. Und da war er auch schon wieder.

Außer Atem, zerzaust, bewegte er sich durch den Mittelgang auf mich zu. Ich blickte in den Rückspiegel und in seine Augen. Sie lagen dunkel hinter einer lächerlich kleinen Brille. Warm. Er war nicht mehr ganz jung, sehr dünn. Unter dem Arm trug er mehrere lange Papprollen. Ungeschickt balancierte er auf einen freien Sitzplatz zu. Er setzte sich umständlich auf einen der letzten Plätze vor der Fahrerkabine und war dann aus meinem Rückspiegel verschwunden. Ich richtete meinen Blick geradeaus und stellte entsetzt fest, daß ich beinahe am Bürkliplatz vorbeigefahren wäre. Ich bremste hart. Die Fahrgäste wurden geschüttelt und gegeneinander geworfen und ließen ihr übliches Maulen hören. Was bilden die sich eigentlich ein. Glauben sie, ich höre sie nicht? Ich räusperte mich und entschuldigte mich höflich durchs Mikrophon. Das Maulen wurde nicht etwa leiser. Sehr viele Leute können sich nicht daran gewöhnen, daß eine Frau ein Tram fahren kann. Dabei gibt es nichts Einfacheres. Nach kurzer Zeit schon fährt man wie im Schlaf, gewissenhaft wie ein Automat, aber in Gedanken weit weg.

Ich warf einen Blick aus dem Fenster. Nein, ausgestiegen war er nicht. Außerdem würde er die Türe direkt hinter mir benutzen, ich würde ihn sehen. Er käme nicht so einfach an mir vorbei... Ich holte tief Luft und konzentrierte mich wie am ersten Tag auf die Strecke, die vor mir lag.

Bis zur nächsten Haltestelle zwang ich mich, geradeaus zu blicken und mich auf den Schienenstrang zu konzentrieren. Doch dann, als ich das Tram gerade wieder zum Stehen gebracht hatte, klopfte es an die Scheibe, ich drehte mich um, und er war es. Unsicher blickte er mich an. Rückte seine Brille zurecht.

Entschuldigen Sie, wenn ich nach Lochergut muß, bin ich da richtig?

Seine Stimme klang leise und höflich. Er

sprach mit starkem Akzent. Ein Fremder. Einer, der wieder abreisen würde. Einer, der morgen nicht mehr hier wäre. Lochergut, da war er falsch. Ganz falsch. Ich hätte es ihm sagen können, und er wäre ausgestiegen und hätte die Nummer zwei abgewartet und mich im selben Augenblick vergessen. Ich fragte mich, wer wohl im Moment auf der Zwei war. Meine Kollegin Annemarie mit den langen dunklen Haaren? Eine Welle der Eifersucht schlug über mir zusammen. Ich fühlte, wie ich rot wurde. Dann fiel mir ein, daß Annemarie in den Ferien war. Ich fuhr weiter, drehte mich dabei halb zu ihm um und lächelte. Zu allem entschlossen, zeigte ich ihm meine kleinen Zähne. Lochergut ist richtig, ich sage Ihnen Bescheid.

Danke, vielen Dank.

Er setzte sich wieder. Diesmal auf den allerletzten Platz, direkt hinter mir. Durch die Scheibe fühlte ich seine Anwesenheit in meinem Rücken. Gemächlich fuhr ich auf den Paradeplatz zu. Meine Hände waren kühl, aber mein Herz raste, meine Wangen brannten, Schweißtropfen bildeten sich auf meiner Stirn. Was tust du, flüsterte ich, was tust du da? Bist du verrückt?

Endlich holte ich tief Luft. Ein Grinsen flog über mein Gesicht. Dabei hatte ich noch Glück gehabt, daß sich keiner von diesen pensionierten Freizeitfahrern eingemischt hatte, die immer alles besser wissen.

Aber Fräulein, das stimmt doch nicht, fürs Lochergut muß der Herr doch... und so weiter.

Gut, ich war verrückt.

Seit zwei Jahren saß ich in dieser Kabine. Die Einsamkeit der Tramfahrerin kennt keine Grenzen. Man verbringt ganze Schichten, ohne ein Wort mit jemandem zu wechseln, und an jeder Haltestelle wundert man sich, daß die eigene Stimme noch funktioniert. Man kauft sich an jeder Endstation einen Schokoladestengel, nur um ein bißchen mit den Kioskverkäufern zu plaudern, und wird in kürzester Zeit dick und fett. Man läßt sich von den Fahrgästen anschnauzen, weil man zu schnell fährt oder zu langsam. Hausfrauen sammeln die herumliegenden Tageszeitungen auf und bringen sie sauber gebündelt in die Fahrerkabine, dabei beschweren sie sich, daß ich den Wagen nicht in Ordnung halte, als handle es sich um mein Wohnzimmer. Jugendliche fangen an zu kreischen, wenn sie eine Ansage nicht verstanden haben oder einen obszönen Hintersinn darin entdecken, der nur ihnen verständlich ist. Hin und wieder sagt eine alte Oma «Danke vielmals», während sie sich zur vorderen Türe hereinschleppt, und man könnte ihr dafür die Hände küssen. Man arbeitet sehr früh morgens oder sehr spät abends, und irgendwann kommt der Tag, an dem man mit einem Kollegen die Schicht tauscht und drei Stunden früher als vorgesehen nach Hause kommt. Dieser Tag kommt für alle einmal. Bei mir war es Frau Hess, die Lehrerin meiner Tochter Marianne. Frau Hess lag auf meinem halbweißen Wohnzimmerteppich, nackt um meinen Mann geschlungen. Ich stand in der Tür, müde, verschwitzt, in dieser furchtbaren Uniform, die auch schon zu eng wurde, ich stand da und bekam den Schluckauf. Ich konnte nichts sagen. Es war lächerlich. Ich wunderte mich auch nicht sehr, als ich bei der Scheidung leer ausging und Marianne bei ihrem Vater bleiben wollte. Und Frau Hess natürlich, die zu diesem Zeitpunkt schon schwanger war. Die Wohnung immerhin konnte ich behalten. Ich ließ als erstes den Teppich auswechseln.

12

Sanft fuhr ich wieder an und warf dabei aus den Augenwinkeln einen Blick auf meinen Gast. Er saß ein bißchen gekrümmt, die Arme um seine Papprollen gekrampft. Er sah aus dem Fenster. Seine Blicke schweiften suchend über die Fassaden.

Paradeplatz, sagte ich leise ins Mikrophon. Es war eine Liebeserklärung. Und er blickte auf und legte den Kopf leicht schief. Er hatte es verstanden.

Der Augenblick verging, weil er vergehen mußte. Ich überlegte fieberhaft. Ewig konnte ich hier nicht stehenbleiben. Ich kaute unentschlossen auf meiner Unterlippe. Dann mußte ich unwillkürlich kichern. Ich könnte ihn entführen.

Schmeiß die anderen Idioten raus. Fahr mit ihm durch die Stadt. Das ganze Schienennetz entlang. Die Türen natürlich verriegelt. In den Kurven ein bißchen zu schnell, damit er schon nach Atem ringt, wenn ich dann endlich an halte, an einem dieser ruhigen, schattigen Plätze, an denen man ganz sicher ungestört ist... Aber solche Plätze gibt es nicht im Zürcher Tramnetz. Natürlich nicht.

Ich schüttelte leise den Kopf und fuhr ganz langsam an. Wenn ich schon dabei war, konnte ich ihn auch gleich zum Lochergut bringen. Ich spähte nach einer Weiche, bereit, rechts abzubiegen, statt, wie es dem Kurs entsprach, geradeaus weiterzufahren. In meinem Kopf war ein helles Licht. Ich fühlte mich glasklar und kalt. Einen Augenblick lang hielt ich mich für einen Engel. Viel zu schnell schoß ich auf die Kreuzung zu. Die Metallräder quietschten vorwurfsvoll.

Hinter mir hörte ich einstimmiges Seufzen. Kollektives Luftanhalten. Plötzlich ging alles ganz langsam. Mitten auf der Kreuzung hob sich der schwere Wagen ächzend aus den Schienen und kippte zur Seite. Immer noch ganz langsam. Aus dem Fenster sah ich die aufgerissenen Mäuler der Passanten. Der Wagen kippte, es krachte, Metall kreischte, Funken sprühten. Dann war alles schwarz.

Ich hörte die Sirenen der Krankenwagen. Ich hörte kleine spitze Schreie hinter mir. Ich hörte ein Stöhnen, das mein eigenes war. Ich lag hinter meinem Sitz eingeklemmt und konnte mich nicht bewegen. Ich hatte keine Schmerzen. Keine Gedanken.

Psst! Psst!

Eine Hand legte sich auf meine Schulter. Atem streifte mein Ohr. Ein Gesicht schwebte langsam in mein Blickfeld, hoch über mir. Dunkle Augen, die besorgt blickten. Die dünne Brille baumelte verdreht von seinem Ohr. Er!

Sind Sie ganz? Alles in Ordnung? flüsterte er. Ich schloß die Augen, öffnete sie wieder, seine Hand lag warm auf meiner Schulter.

Er lächelte leicht. Ich konnte den Blick nicht mehr von ihm abwenden.

Mein Name ist Henri, sagte er, und ich möchte Sie gerne kennenlernen.

Monatsbeschwerden

Das Wartezimmer der Frauenärztin war hoffnungslos überfüllt. Seit vierzig Minuten saß Ruth auf dem harten weißen Plastikstuhl. Und wartete. Kein Wort wurde gesprochen, nur das Rascheln der glatten Illustriertenseiten war zu hören und hin und wieder ein unterdrückter Seufzer. Ruth rutschte unbehaglich auf dem Stuhl nach vorn. Die anderen Frauen schienen alle mehr oder weniger schwanger zu sein. Verstohlen musterte sie die unterschiedlich gewölbten Bäuche. Sie schloß die Augen.

Bitte nicht, dachte sie, bitte nicht.

Die Türe wurde vorsichtig geöffnet, die Sprechstundenhilfe streckte ihr hübsches, sauberes Gesicht herein. Die Köpfe der wartenden Frauen hoben sich erwartungsvoll. Ruth versuchte, aus dem Lächeln der Sprechstundenhilfe zu lesen, wie ihre Tests ausgefallen waren.

Frau Huber, bitte.

Eine der schwangeren Frauen erhob sich

schwerfällig und folgte der Sprechstundenhilfe, in diesem typisch watschelnden Gang,
das Becken vorgeschoben, mit einer Hand
das Kreuz stützend.

Bitte nicht, dachte Ruth noch einmal.

Unkonzentriert blätterte sie in ihrer Illustrierten. Es schien ihr schon seit Tagen, als
handelten alle Artikel, die sie las, nur noch
von Kindern. Kleinen Kindern. Babies.
Schwangeren. Sie blätterte noch eine Seite
um, und ihr Blick fiel auf eine Anzeige für
einen neuen Schwangerschaftstest. *Ich* habe
es gleich gewußt, lächelte die junge Frau auf
dem Bild und drückte ihr Baby an sich.

Ruth preßte eine Hand auf die Lippen, um
das saure Aufstoßen zu unterdrücken, das sie
seit Tagen schon quälte. Sie legte die Illustrierte zurück auf den kleinen Tisch und
nahm sich eine Tageszeitung. Umständlich
faltete sie die großformatigen Blätter auseinander und wieder neu zusammen.

Neues Opfer in unheimlicher Mordserie,
las sie auf der letzten Seite.

Vorgestern abend, Mittwoch, den 14.,
wurde die Leiche einer 54jährigen Schalterbeamtin der PTT im Hinterhof der Postfiliale
aufgefunden. Die Frau wurde offenbar beim

Verlassen des Gebäudes überfallen und von hinten niedergestochen. Als Dienstälteste hatte sie die Angewohnheit, das Gebäude als letzte zu verlassen, so daß ihre Leiche erst gegen 20 Uhr 30 vom Putzpersonal gefunden wurde. Erste Ermittlungen schließen einen Raubmord aus. Die Angestellten der Filiale sind bereits überprüft worden und scheiden als Täter aus. Die Ermordete war bei ihren Kolleginnen und Kollegen offenbar sehr beliebt. Auch aus dem direkten Umfeld des Opfers ergeben sich bisher keine Tatmotive. Es scheint vielmehr, als handle es sich hier um ein neues Opfer in einer nun schon seit Tagen andauernden Serie von völlig sinnlos scheinenden Morden...

Furchtbar, nicht wahr, murmelte die Frau, die neben ihr saß, und deutete mit dem Finger auf die aufgeschlagene Seite.

Ruth nickte.

Mein Mann ist nämlich auch bei der Post, fuhr die andere fort und zog schaudernd die Schultern hoch.

Ruth versuchte, aufmunternd zu lächeln, obwohl sie eine Art dumpfer Übelkeit gegen die Stuhllehne zurückwarf. Die Frau neben ihr verströmte einen leichten, süßlichen

Schweißgeruch, kaum überdeckt von billigem Parfüm. Ruth schluckte. Diese Empfindlichkeit schon seit Tagen.

Lieber Gott, betete sie, bitte mach, daß ich nicht schwanger bin, und ich werde es nie wieder tun. Nie, nie wieder.

Tatsächlich ließ die Übelkeit ein bißchen nach, und Ruth brachte das Lächeln zustande. Es gelang ihr sogar, eine Hand auf den Arm der Nachbarin zu legen.

Ich glaube nicht, daß Ihr Mann in Gefahr ist, sagte sie freundlich. Es trifft ja schließlich nicht nur Postbeamte. Hören Sie doch – sie hob die Zeitung und las den nächsten Abschnitt halblaut vor:

Die Opfer scheinen in keinerlei Beziehung zueinander zu stehen. Fest steht nur, daß alle mit demselben Messer erstochen wurden. Es handelt sich dabei um ein besonders scharfes Küchenmesser, wie es zum Filetieren verwendet wird.

Erinnern wir uns, daß in der Nacht von Montag, dem 11., auf Dienstag, den 12., ein Kellner einer sogenannten Singles-Bar auf dem Nachhauseweg erstochen wurde. Der Mann trug die gesamten Einnahmen des Abends mit sich. Ein Raubmord kann also ausgeschlossen werden. Am Dienstag sank eine 23jährige Kosmetikerin in der Schlange vor der Kasse eines Supermarktes zusammen. Da man erst eine Ohnmacht vermutete, hatte der Täter oder die Täterin schon fliehen können, bis man die Stichwunde entdeckte. Auch diese junge Frau war von hinten erstochen worden, der Täter oder die Täterin muß also direkt hinter ihr in der Schlange gestanden haben. Als einzigen Hinweis fand man einen liegengelassenen Einkaufskorb, dessen Inhalt aber wenig über die Person aussagt, außer, daß es sich um jemand Alleinstehenden handeln muß. Am Mittwoch, dem 14., fand man eine 83jährige Rentnerin erstochen im Tram. Die alte Frau mußte gemäß gerichtsmedizinischer Untersuchung bereits am frühen Morgen ermordet worden sein. Die Leiche wurde jedoch erst beim Schichtwechsel gegen Mittag entdeckt. Der Tramfahrer sagte aus, er habe jeden Tag alte Leute im Wagen, die von Endstation zu Endstation mitfahren, und könne sich nicht um jeden einzelnen kümmern. Am Abend desselben Tages traf es dann diese Postbeamtin, die…

Sehen Sie, sagte Ruth, nur eine einzige Postbeamtin.

Das macht es aber auch nicht besser, warf nun eine andere Frau mit scharfer Stimme ein.

Nein, natürlich nicht... Ruth begann, leicht zu stottern, das wollte ich doch gar nicht sagen, ich meinte nur...

Dann kam die Sprechstundenhilfe und rief einen Namen, und die Frau mit der scharfen Stimme stand auf. Auch sie ging leicht breitbeinig und nach hinten geneigt. Ruth sah ihr nach. Auf ihrer Stirn begannen sich Schweißperlen zu bilden. Ihre Haare klebten. Ich bin nicht mehr ich selbst, dachte sie.

Na, hoffentlich kriegen sie ihn bald, seufzte die Frau des Postbeamten abschließend.

Es könnte doch auch eine Frau sein, gab Ruth zu bedenken.

Die andere Frau kicherte, so daß ihr hoher Bauch schaukelte.

Ja, da haben Sie allerdings recht, wir Frauen halten ja viel mehr aus als die Männer. Wenn ich da an meine Geburten denke... das ist mein viertes... Und Sie? Ist es das erste Mal?

Ruth öffnete den Mund und schloß ihn wieder. Sah man es ihr also schon an? Ihre

Zunge klebte irgendwo fest, sie konnte nichts sagen. Verlegen senkte sie den Blick wieder auf die Zeitung.

Vor ungefähr fünf Wochen gab es bereits eine ganz ähnliche Serie von bisher unaufgeklärten Morden: eine Kioskverkäuferin und ein Jogger sind an aufeinanderfolgenden Tagen niedergestochen worden. Der Sprecher der Polizei bestätigte nun, daß auch bei diesen unheimlichen und absurden Morden dasselbe Filetiermesser benutzt wurde...

Ruth mußte erneut aufstoßen und preßte sich die Hand vor den Mund. Vor fünf Wochen hatte sie ihre letzte Periode gehabt, das wußte sie ganz bestimmt. In den letzten Tagen hatte sie stundenlang auf die kleinen Kreuze in ihrer Agenda gestarrt, als könnte sie sie durch bloßes Starren an den richtigen Ort schieben. Plötzlich fiel ihr ein, daß sie sich damals auch ganz komisch gefühlt hatte. Ohne daß sie hätte schwanger sein können. Aber jetzt... Sie legte die Zeitung auf den Tisch und rutschte tiefer in ihren Stuhl. Nein. Sie durfte sich keine falschen Hoffnungen machen. Morgens war ihr übel, ihre Haut spannte, ihre Brüste hingen schwer und schmerzten, und dann dieses Aufstoßen. Es konnte gar nichts anderes sein. Sie war schwanger.

Das erklärte dann sicher auch ihre unheimlichen Stimmungsschwankungen und die unverhofften Tränengüsse, die Art, wie sich ihr Hals zuschnürte, wenn sie sich eine Zigarette anzündete und sie dem Erbrechen plötzlich genauso nahe war wie dem Weinen.

Fräulein Meier, rief die Sprechstundenhilfe.

Ruth zuckte zusammen. Sie stand auf, bückte sich ungeschickt nach ihrer Tasche, die sich mit dem Riemen am Stuhlbein verfangen hatte, und folgte der Sprechstundenhilfe.

Die Ärztin quetschte ihre Hand, wie sie das immer tat, und bat sie in den Behandlungsraum. Ruth zog sich hinter dem Vorhang aus. Sie hörte, wie die Ärztin sich die Hände wusch.

Ich glaube, ich bin schwanger, flüsterte Ruth durch den Vorhang.

Die Untersuchung war kurz und sachlich. Die Ärztin trug Gummihandschuhe. Ihre Miene war undurchdringlich.

Bitte, ziehen Sie sich wieder an, sagte sie, und kommen Sie dann ins Sprechzimmer.

Ruth wagte nicht, nach dem Ergebnis zu fragen. Sie würde es ja sowieso gleich erfahren, und sie war gar nicht mehr sicher, ob sie es wirklich wissen wollte. Sie betrat das Sprechzimmer. Die Ärztin bat sie mit einer knappen Geste, Platz zu nehmen. Sie drehte einen Bleistift zwischen den Fingern und blickte mit gerunzelter Stirn auf die Karteikarte. Sie fragte noch einmal nach den Symptomen und nach dem Datum der letzten Blutung. Dann verlangte sie durch die Gegensprechanlage die Ergebnisse der Laboruntersuchung.

Ruth hielt den Atem an.

Es ist nichts, sagte die Ärztin und lächelte breit. Auf ihren Schneidezähnen klebte ein Rest von rosa Lippenstift.

Was soll das heißen, es ist nichts?

Sie sind nicht schwanger.

Das kann nicht sein. Ruth zog nervös an ihren Fingern, bis sie knackten. Immerhin habe ich alle Symptome: die Brüste tun mir weh, morgens ist mir schlecht, und zwischendurch fange ich an zu heulen. Machen Sie den Test noch einmal.

Sie sind nicht schwanger, wiederholte die Ärztin, Sie leiden ganz einfach unter dem

Prämenstruellen Syndrom. Das ist eine relativ neue Erscheinung, aber weit verbreitet. Gerade die starken Stimmungsschwankungen sind typisch dafür. Sicher reagieren Sie manchmal auch überempfindlich, übertrieben vielleicht?

Ruth nickte beschämt.

Sie erinnerte sich, wie sie in den letzten Tagen mit völlig Unbekannten in Streit geraten war, gestern zum Beispiel mit einer Schalterbeamtin, die sich geweigert hatte, ihren Brief abzustempeln, weil die Zäckchen der Briefmarke zum Teil abgerissen waren. Ruth wurde noch bei der Erinnerung rot. Auch diese Überempfindlichkeit auf Gerüche und Geräusche... deshalb dachte ich doch...

Ruth brach ab.

Sehen Sie, das geht vielen Frauen so, tröstete die Ärztin. Dann sagte sie noch einiges, was Ruth nicht mehr verstand, weil sie sich ganz auf den rosa Fleck auf den Zähnen der Ärztin konzentrierte. Würde sie merken, daß sie wie gebannt darauf starrte, würde sie ganz unwillkürlich mit der Zunge über den Fleck fahren? Nein.

Die Ärztin stellte ein Rezept aus und stand auf. Sie haben Lippenstift am Zahn, sagte

Ruth beim Gehen. Die Ärztin drückte ihr zum Abschied noch einmal schmerzhaft die Hand zusammen.

Nehmen Sie es nicht schwer, sagte sie, Sie sind noch jung. Sie können jederzeit schwanger werden.

Genau das wollte Ruth eigentlich nicht. Aber das konnte sie der Ärztin nicht erklären. Im Gehen warf sie noch einen Blick über die Schulter. Die Ärztin stand vor dem Fenster und versuchte, ihr Spiegelbild in der offenen Scheibe zu sehen. Sie hatte die Lippen hochgezogen und rieb mit dem Zeigefinger über die obere Zahnreihe.

Auf Wiedersehen! rief Ruth und bildete sich ein, sie zusammenzucken zu sehen.

Ruth ging schnell die Treppe hinunter, dabei kreuzte sie die Arme vor den Brüsten, die bei jedem Schritt schmerzhaft mithüpften. Auf dem untersten Treppenabsatz blieb sie stehen.

Hatte sie wirklich alles richtig verstanden? Sollte das nun jeden Monat so gehen?

Ruth las noch einmal das Rezept, das die Ärztin ihr gegeben hatte. Eigentlich konnte man nicht viel dagegen machen, hatte sie gesagt, aber diese Kapseln konnten helfen. Offen gestanden war es so: Manchmal halfen sie, manchmal auch nicht.

Es hatte wieder leicht zu regnen begonnen. Verschwommen leuchtete auf der anderen Straßenseite das grüne Kreuz der Apotheke. Ruth rannte über die Straße und stieß die Türe auf. Die Ladenglocke bimmelte leise. Ruth schüttelte den Kopf, Regentropfen flogen aus ihren Haaren. Sie legte das Rezept auf den Ladentisch und wartete. Mit der anderen Hand umklammerte sie das Messer in ihrer Manteltasche.

Hoffentlich wirkten die Kapseln. So konnte es ja nun wirklich nicht weitergehen.

Der junge Mann von gegenüber

…und dann hat die Eiserne Jungfrau zu mir gesagt…

Den Rest konnte sie nicht hören. Christa hielt einen Moment ganz still, dann richtete sie sich auf, zog die Strumpfhose hoch, strich Unterrock und Rock glatt und drückte die Spülung. Die Stimmen im Vorraum verstummten. Als sie die Toilettentür öffnete, sah sie gerade noch, wie zwei junge Frauen dicht aneinandergedrängt aus dem Raum huschten.

Christa wusch sich die Hände und trocknete sie methodisch ab, jeden Finger einzeln. Von diesen Heißluft-Handtrocknern, die vor kurzem installiert worden waren, hielt sie gar nichts.

Sie kontrollierte ihr Bild im Spiegel. Sie trug ein metallfarbenes Kostüm und eine kleingemusterte Seidenbluse mit passendem Schal. Die Sachen waren neu, und teuer.

Christa hatte durchaus Sinn für modische Kleidung, sie hatte auch lange genug darauf verzichten müssen, aber irgendwie wirkte an ihr alles gleich sehr viel strenger und freudloser als auf dem Bügel. Genauso war es mit ihrem Haar, das sie einmal im Monat von einem bekannten Friseur nachschneiden ließ. Der Friseur war so berühmt, daß er noch öfter als seine Kundinnen in den Klatschspalten auftauchte. Alle schönen und reichen Frauen der Stadt gingen zu ihm. Sie nannten ihn einen Zauberer, einen Künstler und luden ihn sogar zu ihren Parties ein. Doch Christa schien es einfach nicht zu gelingen, mit ihm ins Gespräch zu kommen, und so saß sie einmal im Monat ganz still inmitten des aufgeregten Summens, während der Meister mißmutig ihr graues Haar zu einem Eisenhelm zurechtstutzte. Christa fuhr sich versuchshalber mit der Hand durch die Haare, aber die Strähnen fielen genau dorthin zurück, wo sie hingehörten.

Eiserne Jungfrau... wie originell.

Und «eisern» stimmte nicht einmal.

Christa war schüchtern. Natürlich ließ sie sich das nicht anmerken, schon gar nicht in der Firma. Aber es war so. Nur deshalb war sie auf der mittleren Führungsebene stecken-geblieben, wo es höchstens interne Sitzungen und ab und zu ein Mittagessen gab. Keine Reden auf Kongressen, keine Reisen in fremde Städte, keine Diners, bei denen viel Geld verschoben und trotzdem viel getrunken wurde.

Christa war eine der ersten Frauen gewesen, die die Firma eingestellt hatte. Als Schreibhilfe in einem riesigen Büro mit anderen jungen Frauen. Es war eine langweilige und ermüdende Arbeit, die Frauen wechselten oft. Die meisten heirateten, aber das kam für Christa nicht in Frage. Sie war aufgestiegen, langsam, mühsam, aber unaufhaltsam. Damals war es von Vorteil, nicht allzu hübsch oder kokett zu sein. Christa war keins von beiden. Da sie für den Empfang nicht in Frage kam (von dem aus kein Weg weiterführte, jedenfalls nicht für die Angestellten), war sie erst einmal Sekretärin geworden. An ihrem ersten Arbeitstag in ihrem ersten eigenen winzigen Büro, eigentlich mehr ein Vorzimmer, hatte sie sich einen Plan gemacht. Stufe für Stufe hatte sie eingezeichnet, und wie sie sie erreichen wollte und wann, in verschiedenen Farben. Der Plan lag in einem Klarsichtmäppchen immer noch in ihrem Schreibtisch, Schritt für Schritt abgehakt und durchgestrichen. Seit ein paar Jahren hatte sie die Position, die sie für sich vorgesehen hatte. Sie hatte es geschafft. Doch sie erlaubte sich deswegen noch lange nicht, sich zurückzulehnen. Das wäre gefährlich gewesen. Sie arbeitete weiter hart und gab sich keine Blöße, niemals.

Nur ganz selten fragte sie sich, warum sie das alles machte. Vor allem, seit ihre Mutter gestorben war. Aber der Gedanke war unheimlich, sie schob ihn schnell beiseite. Immerhin hatte sie Kurt. Das durfte sie nicht vergessen. Ohne ihn hätte sie die letzten Jahre wohl nicht durchgestanden.

Keine andere Frau hatte es so weit gebracht – nicht in dieser Firma. Aber die Zeiten änderten sich. Heute sah sie junge Frauen scheinbar mühelos Karriere machen, und zwar durchaus die Hübschen, die Koketten, gerade die. Sie schienen überhaupt nicht zu wissen, was Verzicht bedeutete, oder daß das Leben ein Kampf war, vielleicht war es das für sie auch nicht. Christas Leben war ein einziger Kampf. Sie haßte diese jungen Frauen, denen alles so leicht fiel. Manche hatten sogar Männer zu Hause, die abends für sie kochten!

Christa merkte am Schmerz des leichten Muskelkrampfes, wie fest sie ihre Kiefer aufeinandergepreßt hatte. Langsam öffnete sie den Mund und streckte gewissenhaft die Zunge heraus. Der Krampf löste sich.

Christa verließ die Firma als letzte. Bevor sie ging, brachte sie noch ein paar Dossiers auf den Pulten dieser jungen Aufsteigerinnen durcheinander, ließ hier eine Akte verschwinden und da ein Computerprogramm abstürzen.

Allzu leicht sollten sie es nicht haben.

Als sie die Wohnungstür aufschloß, schlug ihr ein abgestandener, fauliger Geruch entgegen. Als ob hier eine Tote lebte. Sie öffnete das Fenster.

Die Wohnung gehörte ihr. Sie lag im elften Stockwerk eines luxuriösen Hochhauses, war hell und großzügig und modern und gehörte ihr. Sie hatte sie nach dem Tod ihrer Mutter vor fünf Jahren gekauft. Irgend etwas mußte sie mit dem Geld ja machen, das sich auf der Bank angehäuft hatte. Die ganzen Jahre hatte sie gut verdient und kaum etwas ausgegeben. Wie sollte sie auch. Sie hatte mit ihrer Mutter in einem kleinen Häuschen am Stadtrand gelebt. Ihre Mutter hatte an Multipler Sklerose gelitten. Die Tagesschwester, die Gehhilfen, den Bügel am Bett und die Griffe in der Dusche, sogar die Gummiunterlagen hatte die Krankenkasse bezahlt. Christa war abends niemals ausgegangen, sie konnte ihre Mutter nicht allein lassen, aber das hatte sie nicht gestört. Sie hatte immer gewußt, daß ihr wirkliches Leben erst später beginnen würde. Deshalb hätte es auch gar keinen Sinn gehabt, sich vorher schon etwas zu leisten, neue Kleider etwa, teures Essen oder einen Plattenspieler. Sie ertrug die Abende geduldig und gutgelaunt und dachte dabei an später.

Nach dem Tod ihrer Mutter hatte sie das Haus und die Möbel und alles verkauft. Sie wollte nichts davon behalten, sogar die Fotos hatte sie weggeworfen. Sie wollte sich gar nicht mehr an diese Zeit erinnern. Sie hatte die moderne Wohnung in der Innenstadt gekauft und ganz neu eingerichtet.

Und trotzdem war alles ganz anders gekommen. Ihr Leben hatte sich kaum verändert. Sie saß abends zu Hause und hörte Platten oder las Bücher. Ihre Mutter hatte wenigstens ab und zu eine Bemerkung zum Essen gemacht, es war ihr aufgefallen, ob Christa schlecht gelaunt war oder eine andere Bluse trug, und sie hatte ihr zugehört, wenn sie vom Büro erzählte. Nach ihrem Tod war Christa ganz allein mit ihren modernen Möbeln, den teuren Kleidern und den funkelnagelneuen Schallplatten und wartete darauf, daß irgend etwas passierte. Bevor sie Kurt kennengelernt hatte, war sie einigermaßen verzweifelt gewesen.

Sie sah sich um. Die Wohnung war peinlich sauber und aufgeräumt. Bis auf den Blumenstrauß auf dem Tisch könnte sie gut als Demonstrationsappartement durchgehen. Christa hatte immer frische Blumen in der Wohnung. Der Garten fehlte ihr, das war wahr.

Christa trug die Blumenvase in die Küche, um das Wasser zu wechseln und die Stiele nachzuschneiden. Als sie das grünliche Wasser ausleerte, wurde der faulige Geruch beinahe unerträglich. Daher kam es also. Christa schenkte sich ein Glas Weißwein ein. Sie mußte vergessen haben, das Wasser zu wechseln, und zwar mehrere Tage lang. Sie konnte sich nicht vorstellen, wie das passieren konnte. Andererseits war sie erleichtert, daß der unangenehme Geruch eine genau bestimmbare Ursache hatte, die außerdem ganz einfach zu beseitigen war.

Sie füllte die Vase neu und rieb mit einem sauber gefalteten Lappen die Wasserspritzer von der Chromstahlfläche.

Zweites Glas.

Sie packte ihre Einkaufstasche aus. Eine Handvoll Jakobsmuscheln, Wildreis, ein bißchen Spinat. Dazu ein kleiner Salat, mit diesem teuren neuen Essig angemacht, und zum Nachtisch vielleicht ein Zitronenschäumchen. Christa war sehr streng mit sich selber, wenn es ums Essen ging. Sie wußte, wie groß die Versuchung war, abends etwas Vorgekochtes aus einem Plastikgeschirr zu löffeln und dabei fernzusehen. Es wäre so einfach, dem nachzugeben, und so praktisch, doch das wäre nur der Anfang. Sie würde sich komplett gehenlassen. Das durfte nicht geschehen. Christa kochte jeden Abend drei Gänge für sich ganz allein, deckte den Tisch im Zimmer mit Leinenserviette und Kerze und Salz- und Pfefferstreuer aus Sterlingsilber.

Drittes Glas.

Trinken war an sich erlaubt, so lange der Wein wirklich gut war. Dann machte es auch nichts, wenn es einmal ein bißchen viel war. Eine Flasche Weißwein war doch nicht viel, oder?

Meistens blieb es allerdings nicht bei einer.

Kurt trank Bier, daran lag es. Er trank es direkt aus der Dose, das ging natürlich schneller, und da sie ihn nicht allein trinken lassen wollte, mußte sie meist schon bald die zweite Flasche öffnen. Gut, sie hatte früher schon getrunken, aber sie war besser damit fertig geworden. In letzter Zeit hatte sie morgens manchmal das Gefühl, ihr Kopf sei zu schwer und schwanke gefährlich auf ihrem dünnen Hals.

Sie stand immer schon um halb sechs auf. Sie bügelte die Kleider auf, die sie am Vorabend zurechtgelegt hatte, wusch sich die Haare, fönte ihren Helm zurecht und spülte das Frühstücksgeschirr. Dann setzte sie sich hin und schrieb eine Liste von Dingen, die sie nicht vergessen durfte. Sie brauchte diese Zeit am Morgen, um den Tag in Angriff nehmen zu können. Ehrlich gesagt, war sie früher auch nicht so spät ins Bett gegangen. Unwillkürlich warf sie einen Blick aus dem Fenster. Kurt wohnte in dem anderen Hochhaus, gleich gegenüber. Seine Fenster waren noch dunkel.

Er kam meistens erst nach dem Essen, um neun, halb zehn. Und dann konnte sie doch nicht gleich ins Bett gehen, oder? Das wäre nicht höflich gewesen.

Sie dämpfte das Licht. Auf dem Fensterbrett standen ein paar Kerzen mit zitternden Flammen. Sie hatte den schweren Ledersessel ans Fenster gerückt und eine Wolldecke auf den Ledersessel gelegt, damit sie nicht fror. Sie trug jetzt nur noch ihren Unterrock. In einer Hand hielt sie ihr Glas, die andere lag wie zufällig auf ihrer linken Brust. Die Wohnung gegenüber war hell erleuchtet. Kurt war nicht zu sehen. Er stand wohl noch in der Küche, wo er sich etwas zu essen zurechtmachte. Gleich würde er ins Zimmer treten, mit seinem Brot und seiner Bierdose, er würde sich aufs Sofa setzen und eventuell den Fernseher einschalten, aber nicht unbedingt. Er saß ihr direkt gegenüber, wenn sie das Opernglas richtig einstellte, war es, als sei er in ihrer Wohnung. Sie konnte mit ihm sprechen. Ihn berühren, beinahe. Meistens trug er ein weißes, geripptes Unterhemd, von der

Sorte, die Marlon Brando berühmt gemacht hatte. Er saß breitbeinig, die Füße weit von sich gestreckt oder auf den kleinen Tisch gelegt. Manchmal las er die Zeitung, dann konnte sie sein Gesicht nicht sehen. Einmal hatte er telefoniert, und während er sprach, gedankenlos eine Hand in sein Unterhemd geschoben und sich die Brust massiert, dabei hatte er direkt in ihre Augen geschaut, und sie war atemlos zurückgewichen. Obwohl er sie ja wohl kaum sehen konnte.

Oder?

Christa wartete nun schon eine ganze Weile. Langsam fröstelte sie in ihrem dünnen Unterrock. Er würde doch nicht etwa in der Küche bleiben? Was er wohl so lange machte, an diesem ganz normalen Montagabend? Sie wußte, daß er nicht kochen konnte, sie erkannte es an seinem ungeduldigen Ausdruck, wenn er sein belegtes Brot anschaute, kurz bevor er hineinbiß. Er mußte diese Brote gründlich satt haben. Eines Abends würde sie ihn zum Essen einladen, hier an diesem Tisch würde er sitzen und jeden Bissen genießen, und dann würde er ihre Hand küssen und sagen: Du hast mir neue Welten eröffnet.

Sie mußte nur den richtigen Zeitpunkt abwarten.

Christas Hand krallte sich schmerzhaft in ihre eigene Brust. Kurt hatte das Zimmer betreten. Er trug ein buntbedrucktes Hemd und frisch gebügelte Hosen. Sie drehte am Opernglas, tatsächlich, das Preisschild baumelte noch über den Kragen des Hemdes, es mußte ganz neu sein. Er deckte den runden Tisch in der Ecke. Er zündete Kerzen an. Christa sah an seinen Bewegungen, daß er nervös war.

Sie warf das Opernglas weg, es kollerte geräuschvoll über das glatte Parkett. Sie stand auf und zog einen Pullover über den Unterrock. So war das also. Nach all diesen Abenden, Wochen, Monaten des Wartens. Sie hatte sich nicht aufdrängen wollen, sie hatte gewartet. Und das hatte sie nun davon. Kurt war nicht besser als alle anderen Männer. Sie wußte schon, warum sie sich nie mit einem von ihnen eingelassen hatte. Christa trank ihr Glas im Stehen aus, dann ging sie ins Badezimmer. Zähneputzen, Zahnseide und Munddusche nahmen eine gute Viertelstunde in Anspruch, und langsam beruhigte sie sich. Sie würde früher ins Bett gehen und besser schlafen. Weniger trinken, das war alles. Mit methodischen, kreisenden Bewegungen trug sie ihre Nachtcreme auf und bürstete ihr Haar. Hundertmal gegen den Strich. Sie löschte das Licht.

In der Wohnung gegenüber war nun der Tisch gedeckt. Kerzen brannten. Kurt kam gerade aus der Küche. Mit einem erwartungsvollen Lächeln balancierte er eine Platte, auf der ein Braten lag, ein riesiger Braten, vollkommen ungeeignet für zwei Personen.

Mit dem Rücken zu ihr saß der Gast. Eine junge Frau mit burschikosem Haarschnitt und leuchtendroter Bluse. Seltsam, daß sie ihn allein kochen ließ… Christa hätte das nicht zugelassen. Sie setzte sich auf die Armlehne des Sessels und tastete nach ihrem Glas. Es war leer. Sie schenkte sich noch einmal Wein ein und trank einen Schluck, obwohl er so kurz nach dem Zähneputzen nach nichts schmeckte. Kurt stellte die Platte auf den Tisch, beugte sich über die junge Frau und küßte sie. Christa bückte sich nach dem Opernglas. Die junge Frau stand auf und legte ihre Arme um Kurt. Ihre Unterarme waren behaart. Christa stellte das Glas scharfer ein.

Na also. Es war ein junger Mann. Dunkel-
haarig, feingliedrig, wunderschön.

Christa kuschelte sich in den Sessel zurück.
Sie hob ihr Glas und prostete den beiden zu.

Sie hatte sich ganz grundlos aufgeregt.
Vincent, so würde er heißen, hätte sicher
auch bald genug von Kurts belegten Broten.
Sie würden sich bestimmt freuen, wenn sie sie
zum Essen einlud. Genau das würde sie tun.
Sie mußte nur den richtigen Moment abwarten.

Ein Opfer der Hormone

Nicht schon wieder, sagte Mama.

Doch.

Mama sah einen Augenblick lang aus, als wollte sie ihr die Türe vor der Nase zuschlagen, dann überlegte sie es sich, seufzte, hakte die Sicherheitskette aus und ließ Klara eintreten.

Im Wohnzimmer saßen ungefähr zehn Kinder jeden Alters vor dem Fernseher, Babies, Krabbelkinder, Schulkinder mit aufgeschlagenen Knien. Drei davon waren Klaras.

Sie zeigten weder Überraschung noch übertriebene Begeisterung, eher gelangweilt blickten sie auf, gaben ihr ein kleines Zeichen mit der Hand und wandten sich dann sofort wieder dem Bildschirm zu.

Mama zog sie in die Küche, schloß die Türe und zündete sich sofort eine Zigarette an. Mama rauchte nicht in Gegenwart der Kinder. Sie war eine sehr gewissenhafte Tagesmutter, eine der besten, der Fernseher lief auch nur bei schlechtem Wetter, sonst spielten die Kinder in dem kleinen, verwilderten Garten hinter dem Haus. Mama konnte nicht verstehen, warum sie nie eine offizielle Bewilligung erhalten hatte. Klara wußte es: zu viele Vorstrafen, aber sie sagte nichts, sie wollte ihre Mutter nicht verletzen. Außerdem gab es genügend Frauen, die es sich gar nicht leisten konnten, auf einer offiziellen Bewilligung zu bestehen. Mama konnte sich nicht beklagen, sie hatte immer mehr als genug Anfragen. Klara konnte froh sein, daß sie ihre drei überhaupt aufnehmen konnte. Jonathan war jetzt sechs, Marina vier und Lola zwei.

Es überkam sie in regelmäßigen Abständen.

Du hast es also wieder einmal geschafft, sagte ihre Mutter mit einem resignierten Blick auf ihren gewölbten Bauch und stellte einen Aschenbecher auf den Tisch. Klara nickte. Sie lächelte, sie konnte nicht anders, ihre Mundwinkel rutschten von alleine auseinander, sie bleckte die Zähne, ein blödsinnig glückliches Lächeln, das jeden Außenstehenden zu Tode erschreckt hätte.

Du kannst es einfach nicht lassen, sagte Mama. Kannst du nicht wenigstens einmal vorher heiraten? Ist das denn zuviel verlangt? Deine Kinder brauchen einen Vater!

Sie biß sich auf die Unterlippe. Mindestens einen, fügte sie hilflos hinzu. Klara nahm ihr die Bemerkung nicht übel, ihre Mutter hatte sie auch allein erzogen, aber das waren noch andere Zeiten gewesen. Klara stellte sich vor, wie es sein mußte, täglich mindestens einmal zu hören: Dem Mädchen fehlt halt der Vater.

Sie hatte mit schmutzigen Schuhen im Treppenhaus gespielt – ihr fehlte der Vater. Sie hatte die Hausaufgaben nicht gemacht – ihr fehlte der Vater. Sie hatte Kaugummi geklaut, die Schule geschwänzt, Hosen getragen, sich geprügelt – ihr fehlte der Vater. Sie ging mit Männern aus, ging nicht mit Männern aus, sie schminkte sich zu stark oder zu wenig – ihr fehlte der Vater.

Klara hatte das gar nie in Frage gestellt. Tatsache war, daß es bei ihr zu Hause keinen Vater gab, und fehlen mußte er ihr wohl, denn wozu wären Väter sonst da?

Manchmal kamen ihr allerdings Zweifel. Die Väter ihrer Freundinnen schienen immer ausgerechnet am schulfreien Samstag Ruhe und Schonung zu brauchen. Gerade wenn sie so schön spielten, mußten sie leise sein.

Väter kamen abends im ungünstigsten Moment nach Hause und erwarteten von ihren Kindern, daß sie alles stehen- und liegenließen, um sie zu umarmen. Sie waren unrasiert und hatten laute Stimmen und schimpften wegen nichtiger Kleinigkeiten, die ihnen die Mütter gepetzt hatten. Sie setzten voraus, daß man sich vor Begeisterung überschlug, wenn sie ausnahmsweise einmal früher nach Hause kamen, sie stellten idiotische Fragen über die Schule und die Lehrer und die Hausaufgaben und warteten dann nicht einmal eine Antwort ab. Manchmal warfen sie kurze, verwirrte Blicke auf ihre Kinder, als fragten sie sich, aus welchem Raumschiff diese seltsamen Fremden wohl geklettert waren. Die Kinder empfanden offensichtlich dasselbe, waren aber zu höflich, um sich etwas anmerken zu lassen.

Klara seufzte. Das alles hatte sie nie daran gehindert, sich einen Mann zu wünschen, einen Ehemann, meinte sie, einen Familienvater.

Diesmal geht es wirklich nicht, sagte sie.

Ihre Mutter fuhr mit der Zigarette durch die Luft.

Verheiratet?

Das auch.

Klaras Freunde waren immer verheiratet.

Mama zündete sich eine neue Zigarette am Stummel der alten an. Sie kniff die Augen zusammen und warf ihrer Tochter einen nur noch halbherzig strengen Blick zu.

Deinetwegen hätte man die Pille nicht erfinden müssen, was?

Klara blieb stumm, sie sah, wie Mama sich zurücklehnte, aufs Rauchen konzentrierte, bald würde sie es akzeptieren, was blieb ihr auch anderes übrig?

Ich verstehe dich nicht, seufzte Mama abschließend, und Klara nickte, sie verstand sich selber nicht.

Sie wußte noch, wie verzweifelt sie gewesen war, als sie zum ersten Mal diesen blauen Ring im Teströhrchen gesehen hatte, damals war sie einundzwanzig und arbeitslos. Jonathans Vater war natürlich verheiratet gewesen, aber das erfuhr sie erst bei der Gelegenheit, und Mama saß gerade eine kurze Strafe ab.

Denn Mama räumte in regelmäßigen Abständen die Läden aus, ganz offen und ungeniert, so daß sie dauernd erwischt wurde. Ein cleverer Anwalt verschaffte ihr schließlich ein Zeugnis, welches die kleptomanischen Anfälle als zyklusbedingt deklarierte und ihr so die volle Zurechnungsfähigkeit absprach – Mama war also ebenso ein Opfer der Hormone wie sie.

Denn Klara konnte nicht mit einem Mann ins Bett gehen, ohne schwanger zu werden, das heißt, eigentlich konnte sie nicht mit einem Mann ins Bett gehen, ohne sich in ihn zu verlieben, und wenn sie verliebt war, wünschte sie sich ein Kind, und wenn sie sich ein Kind wünschte, wurde sie schwanger, Verhütung hin oder her. Ruhe hatte sie nur, wenn sie stillte, und da sie alle ihre Kinder ungefähr ein Jahr lang gestillt hatte, war es eben zu diesen regelmäßigen Abständen gekommen.

Und wie stellst du dir das vor? fragte Mama. Ja, ich weiß schon, ein Jahr Fürsorge, und dann bin ich wieder dran, hör mal, meinst du, das sei ein Leben für diese kleinen Würmer, immer mit mir alter Frau, sie brauchen ihre Mutter, wenn sie schon keinen Vater haben, sie kennen dich ja kaum mehr!

Klara senkte den Kopf, schuldbewußt, sie hielt die Pose aber nicht lange genug durch, sie war einfach zu glücklich.

Zwischendurch gab es auch Zeiten, in denen sie klar denken konnte, Zeiten, in denen sie ihre Kinder verfluchte und sich selbst, die sie eine gute Mutter sein wollte und nicht konnte. Und dann kam wieder der Moment, wo sich die Straßen mit lächelnden, schwangeren Frauen zu füllen schienen, die Klara neidisch beobachtete, sie fing wieder an, diese Unausgefülltheit, diese Leere zu empfinden, sie erwischte sich dabei, wie sie Umstandskleider anprobierte, Stricknadeln und weiche Wolle kaufte und die Hände über ihrem Bauch faltete, bevor es überhaupt etwas zu schützen gab. War sie erst einmal soweit, konnte es nicht mehr lange dauern, bis sie wieder schwanger wurde.

Es war eine rein körperliche Sehnsucht, die nichts mit vernünftigen Überlegungen zu tun hatte, und der sie nicht beikommen konnte. Sie liebte dieses Gefühl von gespannter Haut und schweren Brüsten, sie liebte die Überempfindlichkeit und sogar die morgendliche Übelkeit. Sie liebte ihren unförmigen Bauch und wie er sich bewegte, wenn das Kind strampelte, und noch Wochen nach der Geburt meinte sie jeweils, die Tritte zu spüren.

Dabei wußte sie sehr gut, daß jemand wie

sie keine Kinder haben sollte, oder zumindest nicht so viele. Klara arbeitete als Kellnerin in einem dieser schmuddligen Lokale, in denen es immer nach abgestandenem Öl riecht, obwohl die meisten Leute nur zum Trinken kommen. Sie arbeitete zu unmöglichen Zeiten und verdiente nur gerade so viel, daß sie sich ein möbliertes Zimmer leisten konnte. Wenn sie nicht immer wieder schwanger geworden wäre, hätte sie es vielleicht geschafft, eine bessere Arbeit zu finden, etwas Geld auf die Seite zu legen, eine richtige Wohnung zu mieten, Jonathan zu sich zu nehmen, vielleicht sogar einen netten Mann kennenzulernen. Ganz abgesehen davon, daß man in einer Stadt, in der sogar in der Zeitung stand, daß Frauen mit kleinen Kindern in der Straßenbahn nichts zu suchen hatten, sowieso keine Kinder haben sollte, machte Klara sich über das Ozonloch ebenso große Sorgen wie darüber, daß sie keine gute Mutter war. Aber das andere war einfach stärker. Sie kam nicht dagegen an. Manchmal hätte sie sich mit bloßen Händen die Eingeweide aus dem Bauch reißen mögen, damit sie endlich Ruhe hätte. Natürlich war all das vergessen, sobald sie wieder schwanger war. Wahrscheinlich war sie einfach süchtig nach den Endorphinen, die ihr Körper dann produzierte – ein Opfer der Hormone, wie gesagt.

Mama drückte energisch ihre Zigarette aus.

Das wird schwierig, sagte sie, ich habe nächsten Monat eine Verhandlung.

Aber Mama!

Jetzt war es an ihr, den Kopf zu senken.

Ich dachte, du hast dieses ärztliche Zeugnis, sagte Klara vorwurfsvoll.

Ich bin doch schon längst in den Wechseljahren, das gilt doch alles nicht mehr.

Klara beugte sich vor und legte eine Hand auf Mamas Arm.

Mach dir keine Sorgen, sagte sie, ich habe Geld. Viel Geld.

Du hast Geld bekommen? Mama runzelte die Stirn und dachte nach. Du meinst, der Kerl hat dir Geld gegeben, damit du abtreiben kannst, und statt dessen behältst du beides, das Geld und das Kind, und kommst damit zu mir?

Ihre Stimme war immer lauter geworden, ihre Geduld mit Klara ging eindeutig zur Neige. Eines der größeren Kinder öffnete die Küchentüre einen Spalt weit und streckte den

Kopf herein, es war keines von Klaras Kindern, die schien es nicht weiter zu interessieren, was hier vor sich ging.

Es muß alles anders werden, sagte Klara mit fester Stimme, wir werden aufs Land ziehen, ich suche mir eine bessere Arbeit, wir können ein Häuschen mieten, du kommst mit uns.

Aufs Land, ganz bestimmt nicht, widersprach Mama, was soll ich denn da?

Es muß sein, sagte Klara, nicht nur aufs Land, sondern am besten gleich ins Ausland, um ehrlich zu sein. Nicht nur du bist in Schwierigkeiten.

In Schwierigkeiten!

Dann klingelte die erste Mutter an der Tür, grau im Gesicht, ausgelaugt von einem langen Arbeitstag und dem Gehetze, dem Gedränge im Supermarkt, schnell noch einkaufen, dann den Kleinen holen, der Tag war ja noch nicht zu Ende, nach Hause, kochen, abwaschen, Fernseher einschalten, es war kein Leben. Die Mütter gaben sich die Klinke in die Hand, bis nur noch Klaras Kinder übrig waren und zwei größere Jungen, die über Nacht blieben, weil ihre Mütter Schicht schoben. Es gab gebratenen Schinken, Spie-

geleier und Kartoffelbrei, frischen, nicht aus
der Tüte. Klara stach mit der Gabel ins Ei-
gelb, ließ es über den Kartoffelbrei laufen,
mischte und schüttete reichlich Streuwürze
dazu.

Das war ihr Leibgericht, seit sie ein kleines Mädchen war.

Mama sprach sie nicht ein einziges Mal
direkt an, bis die Kinder im Bett waren. Sie
wurden alle zusammen gebadet und schliefen auf Matratzen im selben Zimmer. Klara
fiel im Augenblick nichts ein, was sich ein
Kind noch wünschen könnte, als Kartoffelbrei zum Abendessen und Freunde, die im
selben Zimmer schliefen, und Matratzen,
auf denen man hopsen konnte.

Mama schenkte sich ein Glas Schnaps ein.
Klara bot sie nichts an, wenn sie schon unbedingt schwanger sein wollte, sollte sie ge-
fälligst auch die Nachteile in Kauf nehmen.

Ins Ausland also, sagte Mama. Einfach
so.

Es muß sein.

Da war dieser Gast gewesen, der beinahe
jeden Abend kurz vorbeikam, ein schöner
Mann mit grünen Augen, ein bißchen klein
vielleicht, ein bißchen o-beinig, aber das

konnte sie ja von der anderen Seite der Theke aus nicht sehen. Er hatte diese tiefen Linien im Gesicht, auf die Klara immer wieder hereinfiel, sie gaben einem Mann so etwas Verwegenes, Abenteuerliches, dabei stammten sie meistens nur von harter, demütigender Arbeit und zuwenig Schlaf.

Er hatte sich in schöner Regelmäßigkeit betrunken, und irgendwann war er nach der Polizeistunde noch sitzen geblieben und hatte ihr alles erzählt.

Seine Frau konnte keine Kinder bekommen. Sie hatte alles versucht und war schon vollkommen verzweifelt. Er wußte nicht mehr, wie er ihr helfen konnte. Ihm lag gar nicht so viel an Kindern, aber er konnte nicht zusehen, wie seine Frau sich verzehrte. Adoption kam auch nicht in Frage, erstens war er zu alt, und zweitens hatte er da ein paar Lükken im Lebenslauf. Er erzählte von den Untersuchungen und den demütigenden Versuchen, immer am selben Tag im Monat ein Kind zu zeugen. Klara war das Herz übergeflossen vor Mitleid. Es war gerade drei Monate her, daß sie Lola abgestillt hatte, und die Hormone begannen schon wieder kräftig an ihrer Willenskraft zu rütteln. Vielleicht wäre

53

das die Lösung aller Probleme: schwanger zu sein, ohne ein Kind zu haben.

Schnell waren sie sich über einen Preis einig geworden. Klara dachte nachher, sie hätte ruhig ein bißchen handeln sollen, der andere konnte ja nicht wissen, wieviel ihr daran lag. Andererseits fand sie die Vorstellung recht verlockend, sich mit der Empfängnis etwas Zeit zu lassen, einen unregelmäßigen Zyklus vorzutäuschen, Vorwände zu finden, diesen faszinierenden Mann öfter zu treffen. Es war aber alles ganz anders gekommen. Er hatte seinen Samen vorübergehend in einem leeren Yoghurtbecher deponiert, dann hatte er ihn in eine Spritze aufgezogen und ihr ohne weitere Zeremonie zwischen die Beine gejagt.

So hatte sie sich das nicht vorgestellt.

Tut mir leid, hatte er gesagt, aber meine Frau will es so. Das würde sie doch niemals merken! wandte Klara schmollend ein, aber der Mann wollte seine Frau nicht belügen, so einer war er.

Unter diesen Umständen war Klara doch erleichtert gewesen, als es schon beim ersten Mal geklappt hatte, und von da an war alles wie immer.

Klara war glücklich. Das Leben lag vor ihr wie eine breite, kurvenlose Straße. Der Mann kam nicht mehr ins Lokal, sie hörte, er habe sich scheiden lassen, aber das konnte ja wohl nicht sein. Als sie die ersten Bewegungen spürte, war ihr Verstand längst weggeschwemmt. Sie dachte nicht mehr an diesen Mann, an seine Frau, an das Zuhause, das sie dem Kind bieten konnten. Es war ihr Kind, logisch, es wuchs in ihrem Bauch, drückte auf ihren Magen, wenn sie etwas gegessen hatte, und strampelte nachts schmerzhaft gegen ihre Wirbelsäule.

Sie nahm das Geld und fuhr zu ihrer Mutter.

Und als ihre Mutter hörte, wieviel es war, willigte sie endlich ein. Das war gut so, denn im Gegensatz zu Klara hatte sie Freunde, die wußten, wie man an einen neuen Paß und so weiter kam.

Ungefähr zwei Jahre später stand Klara in der Tür ihres kleinen Ausflugslokals, hielt schützend eine Hand vor die Augen und beobachtete ihre Mutter, die mit den Kindern zum See hinuntergegangen war. Es war einer der ersten wirklich warmen Tage des Jahres. Der See war zum Schwimmen noch viel zu kalt. Nur ein paar größere Kinder wagten sich schon hinein. Jonathan stand mit ein paar Jungen auf dem Schiffssteg, sie feuerten sich gegenseitig an hineinzuspringen, aber Jonathan hielt sich zurück. Klara lächelte. Mama saß auf einem Klappstuhl unter einem Sonnenschirm und blätterte in einer Illustrierten. Die Kleinen spielten im feinen Sand. Yves, der Jüngste, war jetzt eineinhalb. Sein Haar war ganz blond, an den Spitzen beinahe weiß, nichts erinnerte an seinen Vater. Klara glaubte nicht, daß man ihn wiedererkennen und zurückfordern könnte.

Seufzend wandte sie sich zur Terrasse, wo ein einsamer Wanderer gerade seinen Rucksack auspackte. Er saß mit dem Rücken zu ihr. Klara beschloß, ihn noch nicht gesehen zu haben, eine kleine Pause würde ihr bestimmt guttun. Sie merkte, wie wieder dieses bekannte Gefühl der Leere in ihr aufstieg, sie versuchte dagegen anzukämpfen, vier Kinder waren wirklich genug. Irgendwann mußte es doch aufhören! Sie gab sich einen kleinen Ruck und ging auf den Wanderer zu, der bereits angefangen hatte, seinen mitgebrachten Imbiß zu verzehren. Das war schon in Ordnung, er mußte einfach etwas zu trinken be-

stellen, und sie würde ihm dann Plastikbe-
steck bringen. Als er ihre Schritte hörte,
drehte er sich um, hielt einen sauber ausge-
löffelten Yoghurtbecher hoch und lächelte.

Ich denke, du schuldest mir noch etwas,
sagte er. Sie nahm ihm den Becher aus der
Hand und warf ihn in hohem Bogen weg.

Du mir auch, sagte sie und setzte sich auf
seinen Schoß.

Eine andere Frau

Er küßte sie. Sie wandte sich ab.

Was hast du denn? fragte er.

Was sollte sie sagen? Deine Frau hat angerufen, sie will mich sehen?

Nichts, sagte sie, gar nichts.

Elisa schloß die Augen, und als das nicht half, preßte sie ihren Kopf fest ins Kissen.

Später sagte sie: Ich muß jetzt gehen. Leider, fügte sie schnell hinzu, als sie sein Gesicht sah.

Wie spät ist es denn? Er stand auf und zog seine Hose hoch, über die nackte Haut. Schon halb fünf, verdammt, ich muß los, ich habe...

...meiner Frau versprochen, auf die Kinder aufzupassen.

Sie würde sie ja wohl nicht mitbringen zu dem Treffen mit der anderen Frau. Oder? Ihre Mutter hatte sie damals mitgenommen, sie und ihre zwei Brüder, absichtlich ungewaschen, abgerissen und rotzverschmiert. Doch das hatte die andere nicht übermäßig beeindruckt, sie hatte sie nur verächtlich gemustert, und ihr Vater war am nächsten Tag schon ausgezogen. Ihre Mutter hatte sich ganz einfach verkalkuliert. Elisa konnte bis heute nicht vergessen, wie die Frau sie damals angeschaut hatte. Schon deshalb wäre es ihr nie in den Sinn gekommen, sich mit einem verheirateten Mann einzulassen.

Aber woher hätte sie es denn wissen sollen, bitte schön?

Am Ende des Sommers hatte sie mit ein paar Freundinnen ein Open-air-Konzert besucht. Es war ein trauriger Sommer gewesen, für Elisa wenigstens. Sie fühlte sich fremd unter all den braungebrannten, sorglosen, betrunkenen Menschen. Sie schwitzte in ihrem langärmligen T-Shirt, sie langweilte sich, sie schien als einzige allein zu sein. Ihre Freundinnen hatten sie auf sämtliche gutaussehenden Männer aufmerksam gemacht. Es war ihr schon etwas peinlich gewesen. Aber sie hatten ganz recht, sie brauchte Ablenkung. Sie brauchte einen Grund, um morgens aufzustehen. Edy hatte mit seiner Band im Vorprogramm gespielt. Später hatte sie ihn an der Bar stehen sehen, auf seinen zentimeterdicken Gummisohlen schwankend, die großen, dunkel nachgezogenen Augen unverwandt auf sie gerichtet. Zarte Locken krochen unter seiner Schirmmütze hervor, und er war ebenso blaß wie sie.

Verdammt noch mal, wie hätte sie ahnen sollen, daß dieser rührende, viel zu dünne Junge verheiratet und Vater von zwei Kindern war?

Es sind Zwillinge, sagte Aline und legte ein Photo auf den klebrigen Kaffeehaustisch, zwei Mädchen, gerade ein halbes Jahr alt.

Aline war genauso kräftig und rosig wie Elisa blaß. Elisa konnte sich nicht vorstellen, wie eine so bodenständige Frau einsam und verzweifelt sein konnte, aber es mußte wohl so sein, sonst wäre sie nicht hier.

Elisa betrachtete die beiden kugelrunden, glatzköpfigen Babygesichter. Niedlich, sagte sie, obwohl sie, ehrlich gesagt, diese beiden nicht von anderen Babies unterscheiden könnte. Sie verlangte vom Kellner eine Schachtel Zigaretten. Sie hatte gerade wieder angefangen zu rauchen.

Ich auch, sagte Aline und nahm sich eine.

Dann zeigte sie auf das Bild.

Natürlich hat er dir kein Wort davon gesagt, stellte sie fest.

Sie hatten kaum miteinander geredet an diesem Abend. Belanglosigkeiten. Magst du ein Bier? Ja, danke. Er hatte das Bier für sie geholt, dann hatte er sie am Ellbogen gefaßt und sicher und schnell durch die Menge geführt, bis zu dem schmalen, steinigen Weg am Seeufer. Sie hatte das für Ungeduld gehalten, Leidenschaft, genau das, was sie brauchte.

Natürlich wollte er nur vermeiden, daß jemand Zeit hatte, ihn zu begrüßen und nach den Kindern zu fragen.

Elisa legte eine Hand über die Augen.

Ein halbes Jahr alt, hast du gesagt.

Seit gestern, um genau zu sein. Deshalb habe ich dich ja angerufen. Es war einfach...

Elisa rechnete zurück. Es sah ganz so aus, als hätte sie sich mit Edy auf den Kieselsteinen am Seeufer gewälzt, während Aline sich im Krankenhaus von der Entbindung erholte.

Und das mußte ausgerechnet ihr passieren.

Das ist doch wohl eher mein Text, korrigierte Aline mit gerunzelter Stirn.

Das verstehst du nicht.

Nein.

Aline sah auch gar nicht ein, warum sie Elisa verstehen sollte.

Daraufhin wollte Elisa nichts mehr mit Edy zu tun haben. Als sie es ihm sagte, begann er zu weinen, und da sie noch nie einen Mann weinen gesehen hatte, legte sie ihre Arme um ihn, wie sie das mit einer Freundin auch tun würde. Doch Edy reagierte ganz anders als ihre Freundinnen, und so blieb alles beim alten.

Sie hätte Aline beinahe nicht erkannt, als sie sie einige Wochen später wieder traf. Zufällig. Sie war ins Kino gegangen, allein, weil Edy im letzten Moment abgesagt hatte. In der Pause drängelte sie sich am Kiosk um ein Eis. Sie fühlte einen Blick von der Seite, bohrend, sie drehte sich um, grüßte freundlich ein vage bekanntes Gesicht. Erst dann fiel ihr wieder ein, woher sie Aline kannte. Sie wurde rot. Aber Aline schien sich zu freuen. Sie drängte sich zu ihr durch. Selbstbewußt hob sie die Stimme, verlangte zwei Eis, Vanille und Schokolade, und ohne Elisa zu fragen, reichte sie ihr das richtige, Vanille. Sie setzten sich auf ein Mäuerchen und ließen die Beine baumeln. Aline war klar, daß Elisa nur deswegen allein im Kino war, weil Edy die Kinder hütete.

Irgendwie bin ich dir fast dankbar, sagte sie.

Das mochte Elisa nicht glauben.

Ich habe mich viel zu lange auf Edy verlassen, irgendwann mußte einfach Schluß sein damit.

Jahrelang, beantwortete sie Elisas Frage, noch bevor sie sie gestellt hatte. Sie winkte mit der Hand ab. Jahre-jahre-jahrelang!

Dann war die Pause vorbei. Aline kritzelte ihre Telefonnummer auf Elisas Zigarettenschachtel. Edy hatte immer gesagt, er habe leider, leider noch keinen Anschluß, aber sie konnte ihn im Übungsraum erreichen. Immer am Montag und am Donnerstag.

Hör mal, sagte Edy, wir können uns leider nicht sehen. Diese Woche üben wir am Mittwoch. Schon um fünf Uhr.

Das macht doch nichts.

Am Mittwoch hatte Elisa auch keine Zeit. Sie traf sich um fünf mit einer Freundin.

Sie sprachen eigentlich kaum mehr über Edy.

Und eines Abends passierte es dann endlich.

Edy wußte es gleich, als er das leise Zupfen am Ärmel fühlte, und er war beinahe erleichtert. Eine alte Bekannte. Edy, was für ein Zufall, rief sie, küßte ihn auf beide Wangen und fragte nach den Mädchen. Edy legte Fotos auf die Theke und tat, als stünde Elisa nur zufällig neben ihm. Als die Frau gegangen war, bestellte er einen dreifachen Wodka und stürzte ihn theatralisch hinunter. Dann stürmte er aus dem Lokal und überließ es Elisa, ihm verwirrt zu folgen. Was sie auch tat. Sie kannte schließlich ihre Rolle.

Edy, was hat das alles zu bedeuten?

Sie kletterten in seinen VW-Bus. Edy jammerte und klagte, raufte sich die Haare und riß an seinem karierten Flanellhemd. Er ließ den Motor anspringen und drohte, mit Elisa geradewegs in die nächste Mauer zu donnern, da er sie nicht verlieren wollte. Er warf in seiner Verzweiflung sogar seine Schirmmütze aus dem Fenster, nur um gleich darauf aus dem Wagen zu steigen, sie aufzuheben und sorgfältig abzuklopfen. Dann, als ihm nichts mehr einfiel, brach er in Tränen aus. Diesmal beeindruckte sie das schon weniger. Trotzdem drückte sie ihn fest an sich, sein feuchtes Gesicht zwischen ihren Brüsten.

Edy war froh. Ein furchtbarer Druck war von ihm gewichen. Nun, da er Elisa die Wahrheit gesagt und sie ihm verziehen hatte, konnte ihm niemand mehr einen Vorwurf machen. Als er nach Haus kam, schlief Aline schon. Schade. Denn hätte sie ihn in diesem Moment gefragt, wo er gewesen sei, er hätte es ihr gesagt. Ganz ehrlich. Denn es lebte sich so viel einfacher mit der Wahrheit.

Nun gut, dachte Edy, als er leise neben Aline ins Bett schlüpfte, eines Tages wird sie ja wohl fragen. Er versuchte sich vorzustellen, wie sie reagieren würde. Zuerst würde sie wütend werden, ihn vielleicht sogar ins Gesicht schlagen, er kannte sie gut. Sie würde weinen. Aber dann würde sie sich beruhigen. Sie würde ihn verstehen. Sie würde ohne weiteres zugeben, daß sie nicht ganz unschuldig war. Seit der Geburt der Mädchen hatte sie sich kaum noch um ihn gekümmert. Vielleicht würden sie sich sogar wieder näherkommen. Vielleicht würde sie Elisa sogar kennenlernen wollen. Edy konnte sich das durchaus vorstellen. So war Aline: direkt und praktisch. Sie wollte den Dingen auf den Grund gehen. Sie würden sich also kennenlernen und gut verstehen, bestimmt würden sie sich gut verstehen nach dem ersten Schrecken, und dann könnten sie alle miteinander in Liebe und Frieden leben.

Und kurz bevor er einschlief, wurde ihm klar, was er schon lange geahnt hatte: Er konnte ja eigentlich gar nichts dafür.

Elisa, sagte Edy, ich glaube, meine Frau betrügt mich.

Sein Gesicht war ernst.

Armer Schatz, ich habe dich die ganze Zeit belogen. Wir üben nämlich gar nicht am Mittwoch, da hüte ich die Kinder und meine Frau geht weg. Jeden Mittwoch um fünf.

Er legte seinen Kopf in ihren Schoß und sah treuherzig zu ihr auf.

Ich bin so froh, daß ich nicht mehr lügen muß. Endlich sind wir uns ganz nah...

Elisa schob ihn sanft von sich.

Und, was ist mit diesen Mittwochabenden?

Das weiß ich eben nicht! Sie hat mir gesagt, sie geht ins Aerobic und nachher was trinken. Sie sagt, sie muß ihre Figur wieder hinkriegen wie früher, habe ich ja gar nichts dagegen.

Na und?

Ja, also, ehrlich gesagt, nach vierzehn

Aerobiclektionen sollte doch irgendwas zu sehen sein, glaubst du nicht auch?

Plötzlich war ihre Hand in seinem Gesicht.

Er faßte an seine Nase, er sah, daß seine Finger voller Blut waren, er war fassungslos. Elisa hatte ihn geschlagen. Das paßte überhaupt nicht zu ihr. Doch dann verstand er und lächelte gerührt.

Liebste, du bist eifersüchtig! Aber du weißt doch, daß Aline und ich schon lange nicht mehr...

Elisa sah weg.

Was findest du eigentlich an ihm? hatte Aline schon zweimal gefragt.

Und du?

Von da an wurde alles anders. Elisa begann sich von Edy zu verabschieden. Von seiner weißen Haut, seinen flügelartigen Schulterblättern, seiner rötlichen Körperbehaarung, seinen gewölbten Augenlidern. Dann begann sie, am Telefon nach Ausreden zu suchen und ihre Treffen in letzter Minute abzusagen. Er insistierte nicht wirklich. Er schien sich jetzt wieder mehr für Aline zu interessieren. Für die Mädchen. Aline erzählte, er wolle eine Beziehung zu ihnen aufbauen und deshalb zwei Tage in der Woche allein für sie zuständig sein.

Und, was hast du gesagt?

Das trifft sich gut, denn wenn ich eine eigene Wohnung gefunden habe, müssen wir sowieso zu einer Regelung kommen.

Aline fand keine Wohnung. Nicht allein und ohne Beruf und mit Zwillingen im Quengelalter.

Also das Arbeitszimmer benutze ich eigentlich kaum, sagte Elisa.

Elisa, Liebste, ich habe dich so vermißt.

Elisa lächelte unergründlich. Sie standen eng aneinandergedrängt in einer Bar und tranken Wodka. Elisas Fingerspitzen brannten. Sie mußte ihn berühren, sie mußte einfach, seine Augenbrauen, seine Lippen. Edy hielt ihre Hände fest und küßte sie.

Ich habe diese Trennung gebraucht, um mir darüber klar zu werden, daß du es bist, die ich liebe, sagte er ganz ernst.

Das freut mich, sagte Elisa. Sie küßten sich.

Gehen wir zu dir, flüsterte sie.

Lieber zu dir.

Gut, daß du kommst, sagte Aline, die im Flur stand und mit einem Arm ihren Jackenärmel suchte. Die Mädchen sind im Bett, wenn sie aufwachen, gibst du ihnen ein bißchen Tee. Ich geh dann, ich bin gegen elf zurück.

Du mußt dich nicht beeilen, wir wollten sowieso zu Hause bleiben. Nicht wahr, Edy? Edy?

Die Hochzeitsreise

Du bist mir so gar kein Echo heute, sagte der Mann am Nebentisch zu seiner Frau. Das gab den Ausschlag.

Barbara schob das klebrige Yoghurtschüsselchen von sich weg an den Tischrand. Ich glaube, ich komme heute nicht mit, sagte sie. Mein Fuß tut mir immer noch ein bißchen weh, und ich möchte nicht...

Beat nickte.

Du hast wahrscheinlich recht, antwortete er mit vollem Mund, die Route ist heute ziemlich schwierig, es ist sicher besser, wenn du...

Genau, sagte Barbara.

Der Mann am Nebentisch hielt sich ein Buch vor das Gesicht, wahrscheinlich, ohne darin zu lesen, während seine Frau leise darüber weinte, daß sie ihm kein Echo sein konnte. Barbara hielt es keinen Augenblick länger aus. Sie stand auf und flüchtete sich in das kleine Holzhäuschen am anderen Ende des Hofes, wo sich die Toilette befand. Sie schloß die Türe hinter sich und atmete flach durch den Mund.

Es war erst der vierte Tag. Die Hochzeitsreise sollte einen ganzen Monat dauern.

Sie zog die Spülung und trat in das helle Sonnenlicht hinaus. Beat hatte sein Frühstück beendet, er stand auf und kam ihr entgegen. Sie hielt sich eine Hand über die Augen und beobachtete ihn genau. Er trug ein verwaschenes Hemd mit aufgerollten Ärmeln, kurze Hosen, handgestrickte Wandersocken und blaue Plastiksandalen. Mit den Sandalen ging er morgens auch unter die Dusche, aus hygienischen Gründen, wie er sagte. Seine Beine waren kurz und kräftig und behaart. An seinem alten Pfadfindergürtel hingen alle möglichen nützlichen Dinge, Taschenmesser, Lampe, Karabinerhaken. Er sah aus wie immer. Kein bißchen verändert. Nur der Ring, der noch allzu neu an seiner breiten, braunen Hand glänzte. Aber das würde ihr bald schon nicht mehr auffallen.

Er kam um den Tisch herum auf sie zu, legte einen schweren Arm auf ihre Schulter, küßte die zornpochende Ader an ihrer Schläfe.

Bist du sicher, daß es dir nichts ausmacht?

Aber überhaupt nicht.

Dann geh ich jetzt, sagte er. Ich möchte gegen sechs zurück sein.

Ich glaube, ich lege mich ein bißchen an den Strand.

Tu das, antwortete er zerstreut, während er den Inhalt seines Rucksackes ein letztes Mal überprüfte.

Barbara breitete eine Strohmatte über die runden Kiesel, legte ihr Badetuch darauf, befestigte es mit ein paar Steinen, dann zog sie sich aus, rieb sich mit Sonnencreme ein und legte sich auf den Rücken, einen Arm über die Augen gelegt. Die Steine waren hart und glühend heiß.

Nach einer Minute oder zwei setzte sie sich wieder auf. Sie hatte sich alles ganz anders vorgestellt.

An eben diesem Strand an der Südküste von Kreta hatten sie sich zum ersten Mal geküßt, das war elf Jahre her. Es war unvermeidbar gewesen: Sie waren die einzigen Teilnehmer der Wandergruppe unter fünfzig. Im folgenden Jahr waren sie zurückgekommen, ohne Gruppe, nur sie beide, und dann jedes Jahr wieder, drei bis vier Wochen, jedes Frühjahr. Unterdessen kannten sie jeden Stein und jede Wurzel im Südwesten der Insel und brauchten für die Touren nur noch halb so lange wie im Reiseführer angegeben. In den ersten Jahren waren sie nicht sehr viel gewandert. Tage und Nächte und wieder Tage hatten sie in ihrem Zelt verbracht, sie schliefen in einem Schlafsack, weil sie es nicht ertragen konnten, daß doppelte Daunenschichten ihre Körper trennten. Doch das Wandern hatte immer mehr an Bedeutung gewonnen. In dem Jahr, als Beat zum Lehrer gewählt wurde, hatte es tagelang sintflutartig geregnet, sie hatten das Zelt abgebrochen und ein Zimmer genommen. Als der Regen endlich aufhörte, waren sie geblieben, seither nahmen sie immer Zimmer. Die Doppelzimmer hatten alle getrennte Betten, aber unterdessen fanden sie nichts mehr dabei, Schichten von Leintüchern und Wolldecken zwischen sich zu wissen. Schließlich hatten sie zu Hause nicht nur getrennte Betten, sondern sogar getrennte Zimmer. Die ganze Wohnung und ein endloser Flur lagen zwischen ihnen.

Seit elf Jahren kannten sie sich, und seit sieben Jahren wohnten sie zusammen. Es hatte sich also nichts geändert. Außer den Namen.

So hatte es angefangen: Sie hatte Beat aus der Zeitung vorgelesen, daß nach neuem Eherecht ein Mann den Namen seiner Frau annehmen konnte. Das ist die Gelegenheit, hatte er gesagt, er haßte seinen Namen, das wußte sie natürlich. (Er hieß Beat Bäcker, eine unglückliche Kombination, unmöglich auszusprechen, meistens kam Bä-at Bäcker dabei heraus.) Laß uns heiraten, hatte er gesagt, genau, wie sie gedacht hatte, und sie sagte natürlich ja. Sie glaubte bis zum letzten Tag nicht recht daran, Beat hätte immer noch sagen können, es sei ein Scherz gewesen, und wahrscheinlich hätte sie erleichtert gelacht. Aber keiner wollte als erster seine Angst eingestehen, und so heirateten sie eben. Schlußendlich hatte Beat doch nicht ihren Namen angenommen, weil er befürchtete, daß seine Mutter das nicht überleben würde, und so hieß er jetzt Beat Bäcker-Marzoni, und sie hieß Barbara Marzoni Bäcker, die meisten Paare entschieden sich für diese Form, hatte der Standesbeamte gesagt, sie waren also nicht einmal besonders originell.

Als ob Heiraten jemals originell gewesen wäre!

Barbara stand auf und humpelte mühsam

über die Steine zum Wasser. Ihr Knöchel schmerzte tatsächlich noch ein bißchen, sie hatte ihn sich gestern beim Abstieg verstaucht. Sie ging ins Wasser, bis es ihre Kniekehlen umspülte, es war so kalt, daß sie heftig den Atem ausstieß. Der Strand war ziemlich voll, aber außer ihr war niemand im Wasser. Barbara machte noch einen Schritt, dann blieb sie einen Moment stehen und verschränkte die Arme vor der Brust. Das Wasser war so klar, daß sie jeden einzelnen lakkierten Zehennagel sehen konnte. Ganz in Gedanken versunken und ohne es eigentlich recht zu merken, ging sie Schritt für Schritt tiefer hinein, und plötzlich stand sie bis zu den Brüsten im Wasser und fand es eigentlich gar nicht mehr so kalt. Doch als sie untertauchte und den ersten Zug schwamm, verkrampfte sich ein Muskel in ihrem Rücken, und sie mußte sich zwingen zu atmen. Ein leichter Dunst lag über dem Wasser, der Horizont schien ganz nah, höchstens drei Züge entfernt, sie schwamm die drei Züge und dann noch drei, und dann kehrte sie um.

Als sie ans Ufer watete, sah sie, daß sich verschiedene Männer aus den Grüppchen am Strand gelöst hatten und sich prustend ins kalte Wasser warfen. Was ein Weib konnte, konnten sie noch lange, oder.

Barbara lag reglos auf den heißen Steinen. Das Meerwasser verdunstete auf ihrer Haut und hinterließ salzige Krusten. Was war los mit ihr? Warum war sie so empfindlich? Warum betrachtete sie alle Männer plötzlich durch eine entlarvende, scharfe Brille?

Es mußte eine Nachwirkung der Hochzeit sein, entschied sie. Bisher hatte sie die Gesellschaft von Männern eigentlich vorgezogen, sie fand sie unkomplizierter und direkter als Frauen und leichter zu durchschauen. Sie konnte auch nicht verstehen, warum ihre Freundinnen immer ein solches Theater machten um ihre Männer. Wenn sie sich mit Beat stritt, was selten vorkam, ging es immer um ganz konkrete und benennbare Probleme, die sie ihm sachlich darlegen konnte und die er meist nach kurzem Trotzen akzeptierte. So hatte er im Lauf der letzten elf Jahre folgende Dinge ihretwegen aufgegeben: zu schnelles Autofahren, Fußballspielen und Anschauen von Fußballspielen am Fernsehen, Ausspucken in der Öffentlichkeit, andere Frauen, mit dümmlichen Sprüchen bedruckte T-Shirts, seinen lauten Jugendfreund, ins Bett gehen, ohne die Zähne geputzt zu haben. Sie konnte sich also nicht beklagen.

Sie war eine verheiratete Frau mit einem lächerlichen Namen und einem Mann, den sie in- und auswendig kannte. Sie hatte in Hosen geheiratet und nicht einmal gewagt, eine Liste in einem Möbelgeschäft zu hinterlegen, obwohl ihre Wohnungseinrichtung so alt war wie ihre Beziehung. Sie wollte es tun, aber dann war es ihr doch nicht ganz richtig vorgekommen, und jetzt saßen sie da mit Bergen von Gutscheinen für Abendessen, Einkaufsbummel, Picknick und sogar Babysitting. Nicht daß sie keine Kinder wollten. Sie hatten es nur nicht erwähnt. Irgendwie fanden sie es spießig, wegen möglicher Kinder zu heiraten. So viele ihrer Bekannten waren mit Neun-Monats-Bauch auf dem Standesamt erschienen und hatten sich dabei so unkonventionell gefühlt. So ein Schauspiel wollte sie auf keinen Fall geben. Allerdings hatte sie vor der Hochzeit sechs Kilo zugenommen, was vermutlich auf dasselbe herauskam.

Sie stand auf, packte ihre Sachen zusammen, und als sie sich bückte, um ihre Strandtasche aufzuheben, fiel ihr auf, wie tief ihre Brüste hingen. Doch das war nur die Erdanziehungskraft, denn als sie sich aufrichtete, so schnell, daß ihr beinahe schwindlig wurde, saßen sie wie immer, klein und fest unter ihrem gewölbten Brustbein. Aber war es nicht so, daß Frauen nach der Hochzeit unaufhaltsam ihre Form verloren, als ob es nicht mehr darauf ankäme? Prüfend strich sie mit der Hand über ihre Hüften, die ihr irgendwie eingebeult vorkamen, unnötig kurvig, weiblich.

Barbara musterte verstohlen die Frauen, die meist nackt am Strand lagen. Alle, außer den ganz jungen, hatten diese eingebeulte Hüften. Sie senkte den Blick auf den steinigen Strand, um nicht zu stolpern. Früher hatten aber nicht so viele Männer nackt herumgelegen, oder?

Barbara saß auf dem Balkon, die Füße gegen das Geländer gestemmt, auf ihrem Schoß lag ein Buch. Die Buchstaben schienen sich immer wieder neu zu formieren, so daß es sich gar nicht lohnte, umzublättern. Hallo, sagte der Mann, der eben auf den Balkon nebenan getreten war. Sie nickte. Deutsch war hier die Umgangssprache. Der junge Mann nebenan war ein typischer Vertreter der Kretatouristen: Nicht mehr ganz jung, bunt gekleidet, ordentlich (täglich wischte er seinen Balkon), ein geschiedener Vater mit kleinem Sohn, den er gerne von mitfühlenden Touristinnen betreuen ließ, während er in die Disco ging. Heiß heute, sagte er, und sie war gezwungen, wieder aufzublicken. Er stand ganz nah, beugte sich über die Plastikwand zwischen ihren Balkonen und grinste. Himmel, er flirtete doch nicht etwa mit ihr? Das war ihr schon so lange nicht mehr passiert, daß sie nicht wußte, wie sie reagieren sollte. Er war groß und schlank und völlig unbehaart. Der vordere Teile seiner Haare war kurz geschnitten, der hintere mehr als schulterlang und zu einem Zopf geflochten, den er manchmal nach Sumoringerart über den Kopf nach vorne zog. Nicht daß er ihr nicht gefallen hätte, aber da war dieser unerträglich selbstgefällige Ausdruck auf seinem Gesicht.

Wortlos schüttelte sie den Kopf, und als sie sich wieder ihrem Buch zuwandte, beobachtete sie aus den Augenwinkeln, wie er beleidigt seine geblümten Boxershorts hochzog, bis fast unter die Achseln, und dann wieder in sein Zimmer zurückging.

Barbara wußte, daß sie den nächsten Mann, der sich ihr näherte, auf unverzeihliche Weise beleidigen würde. Sie stand auf, zog sich ein T-Shirt über und ging in die Bar hinter dem Hotel, die von einer jungen Frau geführt wurde, die lange in Deutschland gelebt hatte und unter anderem Apfelkuchen, Bratkartoffeln und Müsli servierte. Zu den Essenszeiten war die Bar immer voll, aber sie lag zu weit vom Strand entfernt, als daß man sie nur für einen Kaffee aufsuchte.

Maria putzte die Saftpresse, spülte die einzelnen Teile unter dem fließenden Wasser und setzte sie dann geschickt wieder zusammen. Probehalber preßte sie ein paar Orangen aus, steckte zwei Strohhalme ins Glas und setzte sich zu Barbara. Barbara hatte ihre Hochzeitsbilder mitgebracht. Bisher hatte sie sie noch niemandem gezeigt.

Das sind wir vor dem Standesamt, sagte sie, als ob man das nicht sehen könnte, und das sind unsere Trauzeugen, fuhr sie fort, ein bißchen unsicher. Sie spürte genau, daß Maria nicht sehr beeindruckt war. Irgendwie sah das alles nach nichts aus, ein Haufen durchschnittlicher Menschen in Alltagskleidern vor einem grauen Gebäude, man konnte nicht einmal die Braut auf Anhieb erkennen, weil sie Hosen trug und der Bräutigam seinen Arm um die Hüften einer anderen Frau gelegt hatte. Barbara schaute noch einmal genauer hin. Das ist meine Freundin Evi, erklärte sie eine Spur zu schnell, tatsächlich sah Evi auf dem Bild glücklicher aus als sie selbst, aber das lag an der Morgensonne, die ihr direkt ins Gesicht schien, so daß sie der Kamera eine gequälte Grimasse entgegenhalten mußte. Empfindliche Augen, nichts anderes, aber das würde Maria wohl nicht glauben. Sie ärgerte sich. Marias Mann lag den ganzen Tag im Bett oder besuchte seine Geliebte in der Hauptstadt, während sie die Bar führte und die drei Kinder aufzog, Barbara sah nicht ein, wie sie über ihre Ehe die Nase rümpfen konnte. Maria stand auf und zupfte ein Foto aus dem Rahmen des Spiegels hinter der Theke. Ihr eigenes Hochzeitsbild.

Das ist es, was ich meine, sagte Maria.

Barbara nahm ein Foto in die Hand. Sie sah Maria vor der Kirche stehen, in einer Kopie des zweiten Hochzeitskleides von Liz Taylor, mit einem Kranz weißer Blüten im Haar.

Und sie wußte, daß Maria recht hatte.

Sie selber hatte in einem hellgelben Hosen-
anzug geheiratet. Zu eng, weil sie in den Wochen vor der Hochzeit zugenommen hatte,
unbequem, nicht sehr vorteilhaft, und sie
wußte, daß sie ihn nie wieder tragen würde.
Und dabei blieb sie durchaus auch manchmal
vor den Schaufenstern der Brautgeschäfte
stehen, und sie studierte die Bilder von könig-
lichen und anderen großen Hochzeiten ganz
genau, vorausgesetzt, sie erschienen in der se-
riösen Tageszeitung, die sie abonniert hatte.

Maria deutete ihren Blick richtig.

Ich hab's noch, sagte sie, willst du…

Barbara war schon aufgestanden.

Sie hielt den Atem an, nicht nur, weil ihr
das Kleid viel zu eng war. Ihre gebräunte
Haut hob sich dunkel von dem blendendwei-
ßen, synthetischen Spitzenstoff ab, und ihre
Brüste schienen jeden Moment aus dem Ausschnitt hüpfen zu wollen. Ihre Taille schien
so schmal über einem Meer von Tüll. Sie sah
aus wie eine… eine Fee, eine Prinzessin, eine
Braut. Es war wie früher. Es machte keinen
Unterschied mehr, ob sie fünf, fünfzehn oder
fünfunddreißig Jahre alt war. Maria lachte
begeistert, klatschte in die Hände, sie band
Barbaras Haar mit einem Satinband nach

hinten und suchte die passenden, hochhackigen Schuhe hervor. Dann kamen Kunden, Maria lief nach unten, und Barbara stöckelte nachdenklich vor dem Spiegel auf und ab.

Sie hatte ihre Wanderstiefel angezogen und lief Beat entgegen. Sie mußte es ihm sofort sagen: Beat, wir haben alles falsch gemacht, laß uns noch einmal von vorn anfangen, sonst geht es schief, das weiß ich. Der Aufstieg war steil, ihr Knöchel schmerzte, und Marias Hochzeitskleid verfing sich immer wieder in den Disteln. Endlich sah sie ihn, er stand oben auf dem Hügel mitten in einer Schafherde. Sie blieb stehen, hielt die Hände trichterförmig vor den Mund und schrie: Beat, Beat! Wir müssen uns wieder scheiden lassen!

Sie war nicht sicher, ob er sie hören konnte.

Die Fernsehshow

Da saß sie also und wartete.

Sie saß auf einer mit klebrigem, grünem Plastik bezogenen Couch und wartete. In allen vier Ecken des fensterlosen Raumes waren Fernsehapparate montiert, sie liefen ohne Ton, und um das Bild zu sehen, mußte sie den Kopf in den Nacken legen, was sie aber nicht tat, um ihre Frisur nicht zu gefährden. An einer Wand stand ein Kaffee-und-Tee-Automat, der aber nicht funktionierte. In regelmäßigen Abständen stand sie auf, um das nachzuprüfen. Sie hätte viel für eine Tasse Tee gegeben. Auf der anderen Seite hing eine große Uhr, die vernehmlich tickte. Manchmal kam ihr das Ticken unregelmäßig vor wie Herzschläge, aber das war natürlich Einbildung. Das lange Warten machte sie ganz konfus.

Sie hatte sich alles ganz anders vorgestellt.

Es war Hedwigs Idee gewesen, sich bei der Hermann-Hermann-Show anzumelden. Sie hatten sich beide angemeldet, aber nur Rose war als Kandidatin ausgewählt worden.

Es macht mir überhaupt nichts aus, hatte Hedwig gesagt, ehrlich gesagt, ich wäre wahrscheinlich gestorben vor Angst. Du wirst das viel besser machen.

Rose und Hedwig kannten sich schon ein Leben lang. Sie waren wie Schwestern aufgewachsen. In der Schulzeit waren sie noch unzertrennlich, später verloren sie sich dann aus den Augen. Hedwig hatte lange Zeit im Ausland gelebt. Sie hatte immer wieder geheiratet und unzählige Kinder bekommen. Rose hatte allein gelebt, unbeschreibliche Hüte entworfen und ein wildes Leben geführt. Sie hatten sich wohl ab und zu geschrieben und sich auf dem laufenden gehalten, aber mehr nicht. Und dann waren sie sich vor ein paar Jahren in den grauen Gängen des Sozialamtes ihrer Heimatstadt begegnet. Hedwigs Männer waren alle gestorben, und ihre Kinder lebten auf dem ganzen Erdball verstreut, kein einziges in ihrer Nähe. Rose hatte, seit Hüte nicht mehr in Mode waren, keine Arbeit mehr und überhaupt kein Geld, alles ausgegeben in den wilden Jahren. Sie beschlossen, sich zusammen eine billige Wohnung zu suchen. Sie hatten beide Angst vor dem Altersheim, deshalb gaben sie sich große Mühe. Seit vier Jahren wohnten sie jetzt zusammen. Sie ergänzten sich perfekt. Hedwig war unermeßlich dick geworden, und ihre brüchigen Knochen und verformten Gelenke protestierten gegen jede überflüssige Bewegung. Dafür wußte sie noch nach Tagen, was sie in der Zeitung gelesen hatte, und löste selbst die schwierigen Kreuzworträtsel in der Wochenendbeilage in Rekordgeschwindigkeit. Rose hatte sich durch tägliche Gymnastik bei geöffnetem Fenster und lange Fußmärsche fit und durch das Rauchen von filterlosen Zigaretten dünn gehalten. Aber Hedwig mußte ihr jedesmal mehrere Zettel mitgeben, wenn sie sie zum Einkaufen schickte. Sie war oft ein bißchen verwirrt.

Rose verstand nicht recht, wie eine so kluge Frau wie Hedwig sich jeden zweiten Samstag die Hermann-Hermann-Show anschauen konnte. Hedwig schwärmte für den Moderator, der in ihrer beider Jugend ein halbwegs bekannter Schlagersänger gewesen war. Für Hermann Hermann schien die Zeit stehengeblieben zu sein. Nicht daß man ihm sein Alter nicht ansah, aber er ignorierte es mit einer gewissen Überheblichkeit. Er war ein bißchen dick geworden, sein tief gebräuntes Gesicht wirkte leblos, und nach Roses Überzeugung trug er ein Toupet. Trotz allem bewegte er sich so flink wie früher, schwenkte neckisch seine Hüften, bis das weibliche Publikum kreischte. Er trug karierte Anzüge und offenstehende Hemden, goldene Kettchen am Handgelenk und knallige Seidenschals, die seinen faltigen Hals verdeckten. Er moderierte die Show mit Schwung und frechen Sprüchen. Die Kandidatinnen, ausnahmslos «junggebliebene Damen», wie er es nannte, verziehen ihm auch die gröbsten Frechheiten. Rose hatte immer das Gefühl, er mache sich ganz offen über seine Gäste lustig, aber Hedwig sah das nicht so, und sie war schließlich die Expertin. Die Kandidatinnen durften einen Star aus ihrer Jugend imitieren, zu Playback, und dann ein paar Sachen erraten, von denen jüngere Leute noch nicht einmal gehört haben konnten, und wenn sie Glück hatten, erfüllte ihnen Hermann Hermann am Ende der Show noch einen langgehegten, ganz persönlichen Wunsch. Dann hatten alle plötzlich Tränen in den Augen, wo sie doch vorhin noch so herzhaft gelacht hatten, und Hedwig nahm ihr Taschentuch aus dem Ärmel und trompetete ungeniert hinein.

Rose konnte mit der Hermann-Hermann-Show nichts anfangen. Sie sah sie sich nur deshalb an, weil das Wohnzimmer zu klein war, um dem Fernseher zu entgehen. Hedwig sah jeden Abend fern, Rose hatte sie sogar im Verdacht, schon nachmittags damit anzufangen, wenn sie selber in der Stadt unterwegs war. Sie konnte es ihr nicht verübeln, schließlich kam sie ja kaum mehr aus der Wohnung. Und Hedwig schaute nicht etwa wahllos irgend etwas. Sie studierte sorgfältig das Programm in der Tageszeitung, wählte eine Sendung aus, über die sie Rose dann beim Nachtessen informierte und ihr genau erklärte, warum sie sich das unbedingt anschauen sollten. Rose sollte nicht denken, sie schaue aus purer Langeweile, oder gar, weil sie nichts Besseres vorhatte. Rose versuchte manchmal zu lesen, aber das war unmöglich, Hedwig drehte den Ton immer viel zu laut. Wenn Rose ehrlich war, würde sie nach dem Abendessen viel lieber sitzen bleiben und mit Hedwig diskutieren, das fehlte ihr von früher her, die langen Abende, an denen viel getrunken und laut geredet wurde. Hedwig trank fast gar nichts, nur ein bißchen Eierlikör nachmittags und Champagner an hohen Feiertagen. Rose trank eine halbe Flasche schweren Rotwein zum Essen. Hedwig behauptete, der Alkohol habe ihr Gehirn aufgeweicht und wichtige Zellen weggespült. Hedwigs Schwäche waren Süßigkeiten. So saß sie abends in ihrem bequemen Sessel vor dem Fernseher und grabschte mit ihrer rundlichen, beringten Hand nach den bereitstehenden Pralinen, ohne überhaupt hinzusehen. Währenddessen rauchte Rose auf dem Balkon eine Zigarette. Sie rauchte nur noch in ihrem eigenen Zimmer und auf dem Balkon. Hedwig zuliebe.

Und Hedwig zuliebe saß sie jetzt auf diesem klebrigen grünen Sofa. Sie fingerte nach ihrer Zigarettenschachtel, obwohl unübersehbar überall Rauchverbotsschilder hingen. Sie nahm eine Zigarette in die Hand und rollte sie zwischen Daumen und Zeigefinger hin und her. Sie warf wieder einen Blick auf die Uhr. Mußte sie eigentlich nicht bald zur Maske? Sie glaubte sich zu erinnern, daß Heidi, die Assistentin, gesagt hatte, man würde sie rechtzeitig abholen. Aber sie war sich nicht mehr ganz sicher. Rose zerbrach die Zigarette zwischen den Fingern und wischte die Tabakkrümel auf den Boden. Ihr Gedächtnis hatte in den letzten Jahren wirklich stark nachgelassen. Manchmal fand sie sich plötzlich irgendwo wieder, oft in einem Laden, und wußte beim besten Willen nicht mehr, wie sie dahin gekommen war, geschweige denn, was sie da wollte. Sie erinnerte sich an viele Einzelheiten aus ihren frühen Jahren, aber was die Leute zu ihr sagten, fiel meistens durch irgendwelche geheimnisvollen Maschen in ihrem Kopf. Vor allem, wenn sie ihr einschärften, sich etwas gut zu merken. Dann konnte sie sicher sein, daß sie es sofort vergaß. Rose begann zu schwitzen. Wahrscheinlich hatte sie alles ganz falsch verstanden. Die anderen Kandidatinnen saßen unterdessen bestimmt in einem richtigen Wartezimmer, in einem ganz anderen Teil des Gebäudes, wo der Kaffeeautomat funktionierte und die Fernseher mit Ton liefen. Sie wurden der Reihe nach aufgerufen und gingen brav zur Maske und zur Kameraprobe. Sie würde die Sendung verpassen und alles durcheinanderbringen, nur weil sie wieder nicht richtig zugehört hatte. Wenn doch nur Hedwig hier wäre!

Rose verstand nicht, warum man sie ausgewählt hatte und nicht Hedwig, die viel besser in die Sendung gepaßt hätte. Und sie hätte doch so gern Hermann Hermann die Hand geschüttelt. Daran lag Rose nun wieder gar nichts.

Ich kann dich überhaupt nicht verstehen, der Mann ist einfach lächerlich, sagte sie verzweifelt. Ach, laß mir doch den Spaß, antwortete Hedwig jeweils, du weißt doch, daß ich nicht vor die Haustür komme, und die einzigen Männer, die ich sehe, sind nun mal im Fernsehen.

Männer, sagte Rose dann, hast du immer noch nicht genug davon? Je mehr du von ihnen gehabt hast, desto schwerer fällt es dir, auf sie zu verzichten! kicherte Hedwig. Nein, im Ernst, der alte Gockel erinnert mich an meinen Vierten, den Ungarn, ich glaube, du hast ihn kennengelernt, das war in den frühen Fünfzigern, der trug genau die Art von Seidenschal, so schick um den Hals geschlungen, und ich zupfte daran, um ihn zu necken, das fand er überhaupt nicht komisch, und wehe, wenn ich ihm die Haare zerzauste, das konnte er auch gar nicht leiden... Ach, aber temperamentvoll war er, und wie!

Hermann Hermann hätte wahrscheinlich auch keine Freude, wenn du ihm die Haare zerzausen würdest, die würden ihm nämlich glatt herunterfallen, stichelte Rose.

Darüber konnten sie sich immer wieder streiten: Trug Hermann Hermann nun ein Toupet oder nicht? Ehe ich das glaube, schmeiße ich den Fernseher aus dem Fenster, schloß Hedwig jeweils die Diskussion ab.

Rose lächelte.

Es gab nichts, was sie nicht für Hedwig tun würde. Was war denn schon dabei, im Fernsehen aufzutreten und «Kann denn Liebe Sünde sein» zu singen? Sie mußte ja nicht einmal selber singen, nur so tun. Sie stand auf und ging ein paar Schritte bis zur gegenüberliegenden Wand, wo ein identisches grünes Plastiksofa stand. Sie trug einen dunklen Anzug, ein Seidenhemd und eine breite Krawatte. Ihre hellgrauen Haare waren glatt über ihr linkes Auge gezogen und rollten sich über den Ohren nach innen. Das Alter stand ihr gut. Ihrem Gesicht hatte es früher, als es noch glatt und voll gewesen war, völlig an Ausdruck gefehlt. Sie hatte sich immer mit exzentrischer Kleidung und brombeerfarbenem Lippenstift behelfen müssen. Jetzt hatte sie das nicht mehr nötig. Sie wirkte ganz von allein, geheimnisvoll, geschlechtslos.

Unruhig ging sie auf und ab, die Hände in den Hosentaschen. Sie würde sich nur sparsam bewegen, nicht wie die anderen Kandidatinnen, die sich regelmäßig zu Klängen von Marika Rökk oder Zsazsa Gabor oder gar irgendwelchen Jodlerinnen lächerlich machten, in schlecht sitzenden Abendkleidern oder tief ausgeschnittenen Dirndl über die Bühne hüpften, die dicken Beine schlenkerten und ihre Strumpfränder sehen ließen. Rose hob versuchsweise ein gestrecktes Bein hoch, so daß die überweite Hose zurückrutschte, nicht daß sie es nicht konnte, es war eine Frage des Stils.

Jetzt wurde es aber doch sicher langsam Zeit für die Probe. Rose konnte ihre Unruhe nicht mehr unterdrücken. Sie sah auf die Uhr, die Sendung würde schon bald beginnen, es hatte keinen Sinn mehr, so zu tun, als sei alles in Ordnung. Ihr Magen begann zu rumpeln und zu knurren, und sie mußte dringend auf die Toilette.

Sie öffnete die Tür und schaute vorsichtig auf den Flur hinaus. Weit und breit war niemand zu sehen. Sie ließ die Türe weit offenstehen, damit sie den Raum wieder finden würde, und wandte sich nach kurzem Zögern nach rechts. Der Flur lag im düster flackernden Neonlicht scheinbar endlos vor ihr. Links und rechts Reihen unbeschrifteter Türen, sie traute sich nicht, irgendwo anzuklopfen. Der Flur bog im rechten Winkel ab und ging dann genauso endlos weiter.

Irgendwo blinkte ein rotes Licht, und sie wußte bereits nicht mehr, wo sie war. Doch ganz wider Erwarten sah sie ein großes, deutliches Schild, das mit einem Pfeil auf die Toilettentür wies. Und als sie aus der Kabine kam, stand Heidi, die Assistentin von Hermann Hermann, vor dem Spiegel und tupfte sich mit einem Papiertuch die glänzende Nase ab. Sie schrie auf, als sie Rose im Spiegel sah, und drehte sich um.

Ja, aber, wo haben Sie denn gesteckt, wir suchen Sie schon überall, Hermann ist außer sich!!

Ich habe gewartet, sagte Rose ergeben.

Heidi winkte ab.

Schon gut, dafür ist jetzt keine Zeit, Sie müssen sofort in die Maske. Die Sendung beginnt in einer halben Stunde!

Das kam Rose eigentlich relativ lange vor, aber was verstand sie schon vom Fernsehen. Die junge Frau lief ein paar Meter vor ihr her, drehte sich immer wieder um und winkte. Rose hatte Mühe, ihr zu folgen.

Wir haben sie gefunden, rief Heidi durch die offene Tür in die Maske, jetzt aber hopp, hopp!

Rose setzte sich verlegen auf einen Friseurstuhl, eine hübsche junge Frau legte ihr einen Nylonkittel um und begann, ihr eine fleischfarbene Paste ins Gesicht zu schmieren.

Es tut mir leid, murmelte Rose, ich wußte nicht...

Bitte stillhalten, sagte die junge Frau und stäubte sie mit Puder ein. Ihre Hände waren grob. Sie zupfte an Roses sorgfältig gelegter Innenwelle. Mit den Haaren können wir jetzt nichts mehr machen, sagte sie ungeduldig.

Es muß halt so gehen, rief die Assistentin vom Türrahmen aus, los jetzt! Rose stand auf, der Kittel wurde ihr weggerissen, Heidi lief schon wieder den Flur entlang. Rose folgte ihr bis zum Studio. Hier warteten die anderen Kandidatinnen, zwei sich sehr ähnlich sehende Frauen in geblümten Seidenkleidern mit lila gefärbten Löckchenfrisuren. Sie musterten Rose ein wenig verächtlich.

Wo waren Sie denn? fragte die eine mißmutig, Sie haben ja den Imbiß verpaßt.

Das schadet auch nichts, gab Rose bissig zurück und warf einen vielsagenden Blick auf die rundliche Figur der anderen. Dabei knurrte ihr Magen schon wieder, und sie wäre am liebsten sofort nach Hause gefahren, um die Sendung vom sicheren Sessel aus mitzuverfolgen. Hermann Hermann kam mit einem Rudel junger Frauen, die an seiner Kleidung herumzupften und ihm Zettelchen zusteckten. Ungeduldig fegte er sie aus dem Weg und musterte etwas irritiert die atemlos wartenden Kandidatinnen.

Alle da, beeilte sich Heidi zu versichern.

Hm, knurrte Hermann und ging voraus. Die drei Frauen folgten stolpernd. Verwirrt vom hellen Scheinwerferlicht und dem tosenden Applaus, setzten sie sich nebeneinander auf ein mit idiotischen Spitzendeckchen behängtes Sofa und nannten schüchtern ihre Vornamen.

Rose kam als erste dran. Träge wiegte sie sich im Takt zu ihrem Lied, schüttelte sich die Haarsträhne aus dem Gesicht und sog stolz die Wangen ein. Sie war gut, sie wußte es. Aber der Applaus war nur mäßig, und die beiden anderen Kandidatinnen beobachteten sie mit verkniffenen Lippen. Rose blieb unschlüssig im Lichtkegel stehen. Hermann Hermann kam mit ausgestreckten Armen auf sie zu.

Applaus bitte, krähte er, Applaus für Rose, Sie haben das ganz toll gemacht, wirklich, ganz toll. Er schubste sie näher zur Kamera und tätschelte ihr dann die Schulter, um die etwas grobe Geste zu kaschieren. Aus der Nähe sah Rose ganz deutlich, daß seine Zähne falsch waren, bei den Haaren war sie sich allerdings nicht so sicher.

Plötzlich war ein Mikrophon vor ihrem Gesicht, verdammt, sie hatte seine Frage nicht verstanden. Unsicher blickte sie vom Mikrophon zur Kamera und von ihren Füßen in sein Gesicht.

Blöde Kuh, zischte er zwischen seinen begeistert gebleckten Zähnen, bevor er die Pause mit gekonntem Gelaber überbrückte.

Wirklich ganz genau wie unsere große, unsere unvergessene Marlene! Ganz erstaunlich. Meine liebe Rose, sehen Sie, beinahe hätte ich Marlene gesagt, hehehe... Haben auch Sie vielleicht einen Wunsch, den Sie mir anvertrauen möchten? Ja? Er hielt ihr das Mikrophon unter die Nase.

Das war die Frage. Kann denn Liebe Sünde sein, das Lied könnte sie auswendig hersingen, aber der Teil war schon vorüber, jetzt kam das mit dem Wunsch, Herrgott, ihr Kopf war ganz leer, dabei hatte sie es doch zu Hause mit Hedwig geübt... Hedwig... Es mußte mit Hedwig zu tun haben, komm schon, streng dich ein bißchen an, du wünschst dir etwas für Hedwig, die in ihrem Sessel festsitzt und sich nicht mehr amüsieren kann...

Die Stille wurde unerträglich, die beiden Kameras schwenkten hektisch hin und her, und das Grinsen des Moderators wurde bösartig.

Und plötzlich fiel es ihr wieder ein.

Mit einem glücklichen Lächeln streckte sie die Hand aus, griff in Hermann Hermanns silbergesträhnten Haarschopf, zog einmal kräftig daran und hielt eine Perücke in der Hand.

Also doch, sagte sie mit ihrer tiefen Stimme ins Mikrophon, jetzt kannst du den Fernseher endlich aus dem Fenster schmeißen, meine Liebe! Dann hauchte sie einen Kuß Richtung Kamera, warf den behaarten Lappen über die Schulter ins Publikum, das johlend danach grabschte, und trat mit einem großen Schritt aus dem Bildschirm.

Der Nachbar

Es klingelte an der Tür. Das mußte er sein.

Sie schaltete den Fernseher aus und wischte sich die feuchten Hände an der Trainingshose ab. Sie hatte gerade ein Gymnastikprogramm nach einem Videoband von Raquel Welch absolviert, dabei aber immer wieder auf einen Privatsender umgeschaltet, auf dem gerade die billigen Nachmittagsserien liefen. Dazu hatte sie Konfekt aus einer riesigen Schachtel genascht. Sie stellte die Schachtel weg und sah sich noch einmal um. Das große Wohnzimmer wirkte einigermaßen aufgeräumt. Die blasse Nachmittagssonne legte breite Streifenmuster auf das Parkett. Sie hatte die Getränke auf dem Beistelltischchen arrangiert, so daß sie sich beim Einschenken leicht abwenden konnte. Mit den bloßen Füßen schob sie herumliegende Illustrierte, Schokoladepapierchen und Damenhanteln unter einen Sessel, zupfte ihren leicht verschwitzten, tief ausgeschnittenen rosa Gymnastikanzug zurecht, dann öffnete sie die Türe.

Oh! Bin ich zu früh, murmelte er verwirrt.

Nein, keineswegs, komm doch bitte rein.

Ja, danke.

Er trat einen Schritt vor und blieb dann unschlüssig im Flur stehen. Er wohnte im obersten Stockwerk des Hauses in einer kleinen, düsteren Einzimmerwohnung. Er mußte um die dreißig Jahre alt sein, studierte aber immer noch. Seit einiger Zeit schrieb er an seiner Doktorarbeit. Außer ihr und ein paar Putzfrauen, Haushälterinnen und Kindermädchen war er der einzige Erwachsene, der sich tagsüber hier aufhielt. Deshalb hatte sie ihn auf ein Glas zu sich gebeten. Das hatte sie schon öfter getan. Die Nachmittage waren lang, und wen hätte sie sonst einladen sollen? Sie nahm seine Hand und zog ihn ins Wohnzimmer.

Setz dich doch, sagte sie und schubste ihn sanft auf das große hellrosa Ledersofa.

Da saß er ein bißchen unglücklich und gekrümmt, die Knie aneinandergepreßt, die Finger ineinander verflochten. Er trug einen alten blauen Plüschpullover, der an manchen Stellen so abgewetzt war, daß er glänzte. Sein Haar war bereits etwas schütter, er trug seine Brille und hatte die bleiche Haut und den verwirrten Blick eines Menschen, der so selten nach draußen geht, daß er vollkommen vergessen hat, daß da draußen überhaupt etwas ist.

Magst du etwas trinken?

Ich habe nicht viel Zeit, sagte er.

Ach komm schon, das wird dir guttun. Du kannst schließlich nicht ununterbrochen arbeiten.

Sie trat zu dem kleinen Tischchen, auf dem Gläser, Flaschen und Karaffen bereitstanden. So, wie er saß, verbarg ihm ihr Körper ihre Hände, die die Gläser füllten. Nicht daß es etwas Besonderes zu sehen gegeben hätte. Sie goß großzügig Wodka aus einer eisgekühlten Flasche in ein hohes Glas, gab frischgepreßten Orangensaft dazu und löffelte zuletzt zerriebenes Eis aus einem silbernen Schüsselchen ins Glas. Für sich machte sie dasselbe. Nur ohne Eis, natürlich.

Wodka mit Orangensaft trinke ich immer nach dem Training, lächelte sie, zur Belohnung, und gesund ist es auch!

Er sah sie nicht ganz überzeugt an.

Also, gesund würde ich nicht unbedingt sagen, fing er in seiner komplizierten Art an.

Der Orangensaft ist ganz frisch gepreßt,

unterbrach sie ihn, da wimmelt es nur so von Vitaminen!

Sie setzte sich neben ihn auf das Ledersofa, die Beine angezogen, einen Arm auf der Rückenlehne ganz nah an seinem Nacken. Sie fühlte, wie er sich verkrampft nach vorn beugte, um ihr auszuweichen. Hin und wieder hatten sie auf diesem Ledersofa miteinander geschlafen, aber das war, bevor er seine Doktorarbeit angefangen hatte und sie die Gymnastikvideos entdeckte.

Es gab viele Mittel gegen Langeweile.

Wie weit bist du mit deiner Arbeit, fragte sie freundlich und nahm den Arm von der Lehne. Sie wollte nicht, daß er sich unwohl fühlte, schließlich war er ihr Gast. Sie wollte schon lange nichts mehr von ihm, aber auf den Gedanken schien er gar nicht zu kommen. Wie viele Männer glaubte er, daß eine Frau, die er einmal oder auch mehrmals beglückt hatte, nur schwer wieder von ihm loskommen könnte. Männer! Sie lächelte nachsichtig.

Er lehnte sich wieder zurück, jetzt, wo ihr Arm nicht mehr auf der Lehne lag, und entspannte sich ein bißchen.

Meine Arbeit ist jetzt in eine entscheidende

Phase getreten, erklärte er, die Auswertung der Ergebnisse ist äußerst anspruchsvoll, und mein Professor meinte erst neulich...

Sie hörte ihm nicht mehr zu. Die Doktorarbeit hatte irgendwelche ungebildeten Bauern aus dem Mittelalter zum Thema, sie konnte sich beim besten Willen nicht vorstellen, warum sich irgend jemand dafür interessieren sollte.

Du trinkst ja gar nicht, sagte sie nach einer angemessenen Zeit. Verwirrt blickte er auf das Glas, das er immer noch in der Hand hielt und von dem das Kondenswasser jetzt auf seine Hose tropfte. Sie konnte beinahe sehen, wie es hinter seiner gerunzelten Stirn zu arbeiten begann: Wo bin ich, wie kommt das Glas in meine Hand, wie lange sitze ich hier schon so? Dann nahm er einen großen Schluck, und bevor er mit seinen langatmigen Ausführungen fortfahren konnte, sagte sie: Ich habe mich übrigens entschlossen, meinen Schulabschluß nachzuholen, wie findest du das?

Das finde ich großartig, sagte er, was vorauszusehen gewesen war. Sie lächelte leicht beschämt, während er von der Welt des Geistes schwärmte, die sich ihr eröffnen würde, denn es war natürlich eine Lüge, niemals hätte sie den Mut und die Ausdauer dazu. Eigentlich schade, denn das wäre sicher nicht die schlechteste Lösung gewesen. Bestimmt besser, als was sie in Tat und Wahrheit vorhatte. Aber was sollte sie tun? Sie hatte ja eigentlich gar keine Wahl.

Ihr Mann erlaubte ihr nicht zu arbeiten, auch nicht stundenweise, auch nicht ehrenamtlich, außerdem hatte sie ja nichts gelernt. Alles, was sie konnte, war, dekorativ auszusehen und ihre Langeweile geschickt zu verbergen. Damit qualifizierte sie sich wohl als Ehefrau eines sehr reichen Mannes, aber ansonsten nützte ihr das wenig. Scheiden lassen konnte sie sich auch nicht, denn selbst wenn ihr Mann einwilligen würde, was nicht sehr wahrscheinlich war, würde er bestimmt dafür sorgen, daß sie es nicht leicht hätte. Es war zu spät, um ein neues Leben anzufangen. Sie war einundvierzig Jahre alt und gab eine Menge Geld dafür aus, daß man es ihr nicht ansah. In ihrem Badezimmerschrank hortete sie schwere Cremetiegel aus elegantem Rauchglas mit goldenen Deckeln, außerdem ging sie regelmäßig zum Friseur, zur Kosmetikerin, Pedikure, Manikure, Massage, Solarium, Dampfbad. Den Rest der Zeit langweilte sie sich zu Tode. Da saß sie Tag für Tag in ihrer repräsentativen Wohnung, die von einer dicken Frau saubergehalten wurde, die sie Rosella nannte. So hatte ihre erste Zugehfrau geheißen, und nachher hatten sie so häufig gewechselt, daß sie sich die Namen nicht mehr merken konnte. Hin und wieder gab es eine Einladung zu organisieren, wobei sie die Hilfe eines Partyservices in Anspruch nahm. Alle paar Jahre mußte die Wohnung neu eingerichtet werden. Das Aussuchen der Farben, Vergleichen der Stoffmuster und die Besprechungen mit dem gutaussehenden Innendekorateur beschäftigten sie immerhin für einige Wochen. Dann gab es natürlich die Reisen, die sie zu festgesetzten Zeiten an immer dieselben exklusiven Orte führten, wo sie andere blondgesträhnte reiche Damen traf, die auf die Ankunft ihrer vielbeschäftigten Ehemänner warteten. In der Zwischenzeit wurde viel getrunken und geklatscht. Zum Anbändeln standen reichlich Skilehrer, Tennislehrer oder Surfinstruktoren zur Verfügung, was zu noch mehr Alkohol und noch mehr Klatsch führte. Sie beobachtete die anderen Frauen und wußte, daß sie sich in nichts von ihnen unterschied. Das deprimierte sie derart, daß sie wieder Pillen schlucken mußte, und wenn sie nach Hause kam, sah sie noch ausgezehrter aus als sonst.

Die meiste Zeit aber saß sie hier auf diesem Ledersofa, spielte mit der Fernbedienung, sah sich die Nachmittagsserien an und aß Schokolade. Zwischendurch schob sie ein Gymnastikvideo in den Recorder und turnte nach den Befehlen von Jane Fonda oder Raquel Welch so lange, bis ihr einfiel, daß auf einem anderen Sender gerade eine Serie begann. Aber nichts schien die Langeweile aus ihrem Leben vertreiben zu können. Ganz egal, wie sehr sie sich bemühte, es schienen immer noch endlose Stunden übrigzubleiben, die sie niemals ausfüllen konnte, gerade an den Nachmittagen.

Vielleicht wäre es wirklich keine schlechte Idee, ein bißchen Bildung nachzuholen, nicht gerade einen Schulabschluß natürlich, aber ein bißchen Stilkunde zum Beispiel oder Architekturgeschichte oder vielleicht Französisch konnte auf keinen Fall schaden.

Sie hob ihr Glas und prostete ihm zu, und erwartungsgemäß nahm er noch einen

Schluck. Sie beobachtete ihn genau. Bis jetzt schien er nichts bemerkt zu haben.

Es war gut, daß sie den frischgepreßten Orangensaft nicht mehr durchgesiebt hatte. So würden die dicken Fruchtfasern von allfälligen Fremdkörpern im Getränk ablenken. Es war nicht einfach gewesen, die Glasscherben so zu zerkleinern, daß man sie nicht mehr herausspüren würde. Sie hatte größere Glasstücke in ein Küchentuch gewickelt und dann so lange mit dem Hammer bearbeitet, bis sie vollkommen pulverisiert waren. Als sie das Tuch ausgeschüttelt hatte, hatte sich ein winziger, kaum sichtbarer Glassplitter tief in ihren Daumen gebohrt. Es funktioniert tatsächlich, hatte sie gedacht, während sie einen dunkelroten Blutstropfen ableckte. Dann hatte sie die Eiswürfel auf dieselbe Art zerkleinert und sorgfältig mit dem Glas gemischt.

…Ich bin jederzeit bereit, dir zu helfen, wenn du irgendwelche Schwierigkeiten hast, sagte er jetzt.

Oh, danke, das wäre ganz wundervoll. Schließlich ist es doch einige Zeit her, daß ich das letzte Mal eine Schule besucht habe… Sie lächelte kokett, und er schüttelte den Kopf und schnalzte mit der Zunge, als sähe sie keinen Tag älter aus als sechzehn, und als könnte er nicht glauben, daß sie vor mehr als drei Monaten die Schule verlassen habe. Sie belohnte ihn für seine prompte und galante Reaktion, indem sie das Gummiband aus ihren Haaren zog und mit den Fingern durch ihre blondierten Locken fuhr. Sie beugte sich vor und küßte ihn, und er küßte sie zurück, dann richtete sie sich wieder auf und sagte leise: Es muß alles anders werden, das verstehst du doch.

Natürlich, sagte er ein bißchen zu rasch. Dann blickte er auf seine Uhr. Mein Gott, ich muß an meine Arbeit. Ich habe die Zeit vollkommen vergessen. Er trank sein Glas mit wenigen großen Schlucken leer. So geht es mir immer mit dir, sagte er, während er aufstand und seine grobgerippte Manchesterhose glattstrich, du bist der einzige Mensch, der es schafft, mich von meiner Arbeit abzulenken.

Ich bin sicher, die Pause hat dir gutgetan, meinte sie, nahm seinen Ellbogen und schob ihn sanft aus dem Zimmer und in den Flur. Bestimmt gehst du jetzt wieder frischer an die Arbeit.

Ganz bestimmt, sagte er, vielen Dank noch einmal.

Sie küßten sich wieder, diesmal kurz und abschließend. Dann ging er. Sie sah ihm nach, wie er die Treppe hinaufstieg. Sein Gang war schlurfend, mit einer Hand stützte er sich auf das Geländer. Auf dem ersten Absatz blieb er stehen, drehte sich noch einmal um und hob die Hand.

Wenn alles stimmte, was sie gestern abend im Fernsehen gezeigt hatten, würde er in ein paar Stunden schwere Magenblutungen bekommen. Die Wahrscheinlichkeit, daß er überlebte, war gering. Einen Augenblick lang tat es ihr leid.

Wiedersehen, flüsterte sie und schloß die Türe.

Im Wohnzimmer schaltete sie als erstes den Fernseher wieder ein, ohne hinzusehen, dann machte sie sich noch einen Drink. Das Eis in dem silbernen Schüsselchen war unterdessen geschmolzen, und deutlich sah man das bösartige Glitzern der Glassplitter, die darin schwammen. Sie kippte das Schüsselchen in einen Blumentopf aus. Dann setzte sie sich auf das Sofa und nahm einen tiefen Schluck. Es schien ihr fast, als sei das Leder noch warm, wo er gesessen hatte, aber das war wohl reine Sentimentalität. Natürlich tat es ihr leid um ihn, schließlich hatte er ihr nichts getan, im Gegenteil, er hatte ihr viele endlose Nachmittage verkürzt. Die Serie ging gerade zu Ende. Sie nahm die Fernbedienung in die Hand und schaltete entschlossen auf einen anderen Sender. Es hatte keinen Sinn, sich unnötige Gedanken zu machen. Schließlich hatte sie die Sache einmal ausprobieren müssen, bevor ihr Mann nach Hause kam…

Alles gelogen

Natürlich bin ich an allem selber schuld, ich kann einfach nicht die Wahrheit sagen, schon gar nicht, wenn sie so öde ist wie meistens eben. Lügen macht mehr Spaß und schadet im Normalfall keinem.

Der Ärger begann an dem Tag, an dem ich den neuen Job als Telefonistin antrat. Ich sah mich in dem Raum um, die Frauen saßen in langen Reihen nebeneinander, mit Stöpseln in den Ohren und diesem stupiden Gesichtsausdruck, den man automatisch bekommt, wenn man mit jemandem redet, den man nicht sehen kann. Ich wußte sofort, daß ich es hier nicht lange aushalten würde.

Man wies mir einen Platz in der zweiten Reihe zu, und ich setzte mich. Meine Nachbarinnen beobachteten mich aus den Augenwinkeln. Als erstes steckte ich eine Autogrammkarte von Guy Laporte an meinen Computer. A toi pour toujours, stand darauf, vorgedruckt, aber ich hatte die Schrift mit Filzschreiber nachgezogen, es wirkte sehr echt. Natürlich war es nicht erlaubt, persönliche Dinge am Arbeitsplatz anzubringen. Als mich die Aufsicht darauf hinwies, steckte ich das Bild mit einem Ausdruck absoluter Verachtung in meinen Ausschnitt, und von da an war es nur ein kleiner Schritt zu behaupten, ich sei Guy Laportes heimliche Geliebte.

In der Pause drängten sich die anderen Mädchen richtiggehend um mich, lauschten mit aufgerissenen Augen meinen Worten, und bald fand sich eine, die anbot, mein Mittagessen in der Kantine zu bezahlen. Es fiel mir nicht schwer, die Geschichte auszubauen. Ich wußte, daß der berühmte französische Sänger und Schauspieler aus Steuergründen in der Schweiz lebte, ganz in der Nähe, es war also durchaus denkbar, daß ich ihn auf der Straße niedergerannt und mit meiner Jugend und Schönheit so beeindruckt hatte, daß er sich anerbot, mich mit seiner Limousine nach Hause zu bringen... Durchaus denkbar. Was konnte ich dafür, daß es nie wirklich geschehen war? Natürlich geht Guy Laporte schon gegen sechzig, das weiß ich selber, aber erstens hatte ich schon immer eine Schwäche für reifere Herren, und zweitens sieht er höchstens aus wie vierzig. Reiche Leute scheinen besser zu altern, das ist ja auch nur gerecht. Wozu sollte das ganze Geld sonst gut sein? Mein Vater zum Beispiel ist drei Jahre jünger als Guy Laporte, könnte aber ohne weiteres als sein Schwiegervater durchgehen.

Ich habe eine Menge Zeitungsausschnitte über Guy Laporte gesammelt und gelesen natürlich, und so fielen mir die Anekdoten wie von selbst ein. Vorsichtig sein mußte ich natürlich bei der Erwähnung seiner Frau, Yvonne Berger. Jeder kannte die große, die wunderbare Schauspielerin, mit der er seit zwanzig Jahren verheiratet war, und die aber irgendwie weniger Glück mit dem Alterungsprozeß gehabt hatte als er, jedenfalls bekam sie keine Rollen mehr, und man sagte sogar, sie hätte angefangen zu trinken.

Aber er wird sie nie verlassen, sagte meine neue Arbeitskollegin und biß in einen Dänisch-Plunder, den sie in der Kantine in Plastikfolie gewickelt verkaufen, das gibt dem Gebäck eine ganz eigene, schwammige, kühle, feuchte Konsistenz, an die man sich nur langsam, dafür nachhaltig gewöhnt. Ich selber hatte einen Mandelgipfel, den ich nun betont langsam auswickelte. Es wunderte mich selbst am meisten, als plötzlich echte Tränen auf die zuckerverklebte Folie tropften.

An unserem Tisch in der Kantine war es einen Augenblick lang ganz still. Ich hatte sie restlos überzeugt. Mich selber auch.

Das ging so weit, daß es mir einen unangenehmen Stich gab, wenn ich irgendwo etwas über Yvonne Berger und ihre glückliche Ehe mit dem berühmten Guy Laporte las. Daß ich mir neue Schuhe kaufte mit einer Goldspange über dem Rist, weil ich irgendwo gelesen hatte, daß reiche Mädchen so etwas trugen. Ich änderte meine Frisur, band die Haare ordentlich zusammen, ich hatte so ein Gefühl, als würde das besser zu der Geliebten eines älteren Herrn passen als meine ungepflegten Locken. Ach ja, und ich verließ meinen Freund Bruno. Warf ihn hochkant aus der Wohnung, obwohl es genau genommen seine war. Jeden Tag hatte ich ihn weniger ertragen, seine Art zu reden, zu essen, zu atmen. Er konnte natürlich nichts dafür, aber er war eben nicht Guy Laporte, und die Abende vor dem Fernseher und die wöchentlichen Minigolfturniere mit seinen Freunden waren nun mal nicht das Leben, für das ich geschaffen war. Ich glaubte unterdessen selbst, daß ich schon längst mit Guy Laporte zusammenleben würde, wenn nur seine Frau nicht wäre. Vorher mußte ich natürlich Bruno verlassen, das war nur logisch. Pikanterweise hatte ich ihm weisgemacht, ich arbeite in einer Filmproduktionsgesellschaft. Mit meinem Schichtdienst und der Tatsache, daß man mich bei der Arbeit nicht erreichen konnte, war das leicht zu vereinbaren. Ansonsten genügte es, niemals zusammen mit anderen ins Kino zu gehen und ein blasiertes Gesicht zu machen, wenn das Gespräch auf diesen oder jenen Filmstar kam.

Du hast einen anderen! schrie er. Gib es ruhig zu! Einen von diesen Filmfritzen, einen, der viel verdient und interessante Leute kennt und ein teures Auto fährt und dich nach Cannes einladen kann!

Ich senkte die Augen. Ungefähr so stellte ich mir das auch vor.

So ein einfacher Bankangestellter genügt dir natürlich nicht!! fuhr er fort.

Ich wünschte, ich wäre dir nie begegnet!

Auch darin mußte ich ihm stumm recht geben.

Du glaubst wohl, du seist zu gut für mich, was?

Das dachte ich tatsächlich. Er mußte mir das ansehen, denn seine Augen wurden ganz schmal, und er sagte häßliche Dinge über meine Familie, den Schrebergarten und die Ausdrucksweise meiner Mutter, spuckte regelrecht vor Wut.

Warum hatte ich ihn auch unbedingt mit nach Hause nehmen müssen? Wir wohnten schon seit mehr als zwei Jahren zusammen, vielleicht wollte ich meiner Mutter beweisen, daß ich wirklich einen festen Freund hatte, einen soliden, und das hatte sie ja auch sehr beruhigt. Meine Mutter hatte tatsächlich eine etwas schnoddrige Ausdrucksweise, das war wahr, andererseits schickte sie jeden Monat selbstgemachte Marmelade für Bruno, und er hatte kein Recht, so über sie zu reden. Ich war so wütend, daß ich ihm unüberlegt vorhielt, Guy Laporte finde meine Mutter ganz reizend.

Darauf fiel ihm nicht sofort eine Antwort ein.

Guy Laporte!! Aber Guy Laporte ist verheiratet!

Das weiß ich selber! Die bloße Erwähnung

seiner Ehe regte mich unterdessen schon so auf, daß ich etwas zerbrechen mußte, einen Teller und einen vollen Aschenbecher in diesem Fall.

Lieber eine Stunde mit Guy Laporte als ein Leben mit dir, schrie ich, und das war wirklich gemein, obwohl ich es nicht einmal extra erfunden hatte, der Satz stammte aus einem Film, aber das machte es nicht besser. Bruno packte seine Koffer und zog aus, wie es scheint zu einer Arbeitskollegin, dieser Blonden mit dem samtüberzogenen Haarreif, die so gut Minigolf spielt.

Dann las ich in der Zeitung, daß Yvonne Berger im Krankenhaus lag. Das Bild zeigte Guy, wie er gebückt vor Sorge aus dem Auto stieg. Sie schrieben nicht genau, was ihr fehlte, aber es deutete alles auf Alkoholismus hin. Ich konnte sie verstehen. Yvonne Berger war eine der schönsten Frauen ihrer Zeit gewesen, allein ihr Mund war so schön, daß man sich gar nicht vorstellen konnte, daß sie damit aß oder Zahnpasta ausspuckte oder andere irdische Dinge tat. Und dann war sie beinahe über Nacht alt geworden, grau und dick, ihre Knöchel schwollen an, sie mußte eine Brille tragen und Hängekleider. Guy Laporte hingegen war schlank und braungebrannt und silberhaarig, was nicht dasselbe ist wie grau, und ich hatte erst kürzlich ein Bild von ihm gesehen, wie er scheinbar mühelos ein gestrecktes Bein seitlich hochhob bis über die Schulter und sich dabei nur mit einer Hand an einer Ballettstange festhielt.

Jetzt verläßt er sie doch erst recht nicht, sagten meine Kolleginnen. Ich zählte langsam bis zehn, denn das war mir natürlich auch sofort klargeworden, aber ich ließ mir nichts anmerken und antwortete mit gepreßter Stimme:

Meint ihr im Ernst, ich würde mit einem Mann zusammenleben wollen, der seine kranke Frau im Stich gelassen hat? Ganz so, als ob die Entscheidung bei mir läge…

Dann wurde Yvonne Berger wieder entlassen, und wenige Tage später sahen wir Guy Laporte ganz zufällig. Ich hatte mich mit ein paar Frauen aus der Zentrale getroffen, um im Sonderverkauf nach verbilligten Weihnachtsgeschenken zu suchen. Wir waren gerade aus einem Haushaltswarengeschäft gekommen, standen auf der Straße und konnten uns nicht einigen, wo wir als nächstes hingehen sollten, da sahen wir ihn.

Er ging mit schnellen, federnden Schritten über die Straße auf ein Hotel zu. Er trug eine Sonnenbrille und achtete nicht auf den Verkehr. Zwei dickliche junge Männer eilten außer Atem hinter ihm her wie eifrige junge Hunde. Meine Kolleginnen, diese unreifen Personen, kreischten auf, schlugen sich die Hände vor den Mund und hüpften aufgeregt auf und ab. Ich befürchtete beinahe, sie würden sich naß machen. Ich warf ihnen einen traurigen Blick zu, der, wie ich hoffte, alles über die Entbehrungen einer heimlichen Geliebten sagte...

Tat er nicht.

Warum gehst du nicht hin? flüsterten sie so aufgeregt, daß es bis auf die andere Straßenseite zu hören sein mußte, er freut sich doch sicher, dich zu sehen, oder etwa nicht?

Er hat eine geschäftliche Besprechung, seht ihr das nicht? zischte ich, doch sie packten meine Ellbogen links und rechts mit ihren feuchten Händen und zerrten mich über die Straße.

Also schön, also schön, ich schüttelte sie ab, seufzte, nannte sie hoffnungslos und kindisch, aber gut, ich würde ihnen den Gefallen tun. Ich schob mich durch den schweren Ledervorhang in die Hotelbar. War ich erst einmal im Halbdunkel der Bar in Sicherheit, würde mir schon etwas einfallen. Doch die blöden Weiber drängelten hinter mir her, ich mußte weitermachen.

Er saß mit seinen beiden unterwürfigen Gesellen an einem Tisch ganz hinten in einer Ecke, sie hatten eine halbvolle Whiskyflasche vor sich stehen, sie redeten laut, die anderen beiden, meine ich, er sagte nichts. Er hob den Kopf und sah mich an, wie wenn wir es geprobt hätten, er sah auf und lächelte erwartungsvoll, und ich ging ganz selbstverständlich auf ihn zu. Manchmal vergesse ich, wie einfach das Leben sein kann, wenn man hübsch, blond und einundzwanzig Jahre alt ist.

Ich rutschte auf die Armlehne seines Sessels, stützte einen Arm hinter ihm auf. Ich konnte förmlich hören, wie meine Kolleginnen, die unschlüssig in der Türe stehengeblieben waren, den Atem anhielten. Ich beugte mich über ihn und flüsterte: Bitte, können Sie nicht so tun, als ob Sie mich küßten, nur für einen Moment!

Er küßte mich gleich richtig, sein Atem roch nach Pfefferminze, und als ich das nächste Mal aufblickte, waren die anderen verschwunden. Auch gut. Ich nahm das nächststehende Whiskyglas in die Hand, natürlich schuldete ich Guy eine Erklärung. Ich erzählte ihm alles, und er war überhaupt nicht verärgert, eher geschmeichelt. Er wollte mich sogar zum Essen einladen, aber ich lehnte ab. Man soll die Realität nicht strapazieren, das bekommt ihr nicht.

Am nächsten Tag fehlte ich unentschuldigt bei der Arbeit. Mein Ruf war nicht mehr zu erschüttern.

Ein paar Wochen vergingen, dann starb Yvonne Berger. Nicht ganz überraschend. Die Beerdigung wurde im Fernsehen übertragen, und ich nahm wieder einen Tag frei. Guy Laporte hielt eine langstielige Rose in der Hand, und man konnte die Tränen sehen, die unter dem Rand seiner Sonnenbrille hervorquollen.

Allerdings interessierte mich das alles schon nicht mehr so sehr. Ich hatte einen jungen Mann kennengelernt, einen Fotografen. Er hatte ein schweres Motorrad, wir fuhren ziellos in der Gegend herum, und sehr oft fotografierte er mich auch. Er fand, ich hätte interessante Knochen, das schmeichelte mir natürlich. Am Tag, an dem Yvonne Berger beerdigt wurde, blieb er zum ersten Mal bei mir, und dann wollte er gleich einziehen. Ich sagte, ich würde es mir überlegen, aber ich wußte schon, daß ich ja sagen würde. Es war wirklich Zeit für eine andere Geschichte. Ich begann, den Stellenanzeiger aufmerksamer zu lesen. Dann hieß es plötzlich, Yvonne Berger sei umgebracht worden, und Guy Laporte wurde verhaftet. Ich konnte der Versuchung nicht widerstehen, schwarz gekleidet und ungeschminkt in der Telefonzentrale zu erscheinen und die tragische Witwe zu spielen. Die Mädchen waren hingerissen. Aber Guy Laporte hatte ein Alibi, sie mußten ihn praktisch sofort wieder freilassen, und ich weiß nicht, was er ihnen erzählt hat, jedenfalls verhafteten sie statt dessen mich.

Ja, mich.

Guy Laporte hatte also seit einigen Monaten eine junge, hübsche Geliebte gehabt. So stand es in der Zeitung, und wer konnte es ihm verdenken, obwohl er sich natürlich öffentlich die schlimmsten Vorwürfe machte. Auf einem Bild hielt er sich sogar die Hände vor die Augen. Dieses Mädchen hatte sich offenbar nicht mehr länger mit seiner Schattenexistenz abfinden wollen. Ihr Exfreund Bruno G. zum Beispiel sagte aus, daß sie bei der bloßen Erwähnung von Yvonne Berger völlig außer sich geriet und mit Geschirr um sich warf. Ihre Arbeitskolleginnen bestätigten Stimmungsschwankungen und einen «flackernden Blick».

Sie hat gedroht, meine Frau anzurufen und ihr alles zu sagen, gab Guy Laporte zu Protokoll, aber ich muß gestehen, ich habe das nicht ganz ernst genommen, wie konnte ich denn ahnen, daß sie so etwas Schreckliches tun würde?

Man ging davon aus, daß die junge Geliebte Laportes Abwesenheit benutzt hatte, um seine Frau anzurufen und in das Studio zu bestellen, das sie für ihre heimlichen Treffen benutzten.

Tatsächlich hatte der Schlüssel an dem herzförmigen Anhänger, den ich ab und zu verstohlen meinen Kolleginnen gezeigt hatte, und den ich in der Handtasche aufbewahrte, zu diesem möblierten Studio gepaßt, in dem Yvonne Berger gestorben war. Ist das nicht erstaunlich? Ich hätte schwören können, es sei einer von meinen eigenen Kellerschlüsseln! In dem Studio muß es dann zu Tätlich-

keiten gekommen sein. Was ich denn schlußendlich getan haben soll, wurde mir nie ganz
klar. Die Anklage lautete jedenfalls auf Tot-
schlag. Die Zeitung brachte ein entsetzlich
scharfes Bild von mir, und mir wurde be-
wußt, wie sehr es gegen einen Menschen
sprechen kann, hübsch, blond und einundzwanzig Jahre alt zu sein.

Vielleicht hätte ich trotz allem eine Chance
gehabt, wenn ich selber ausgesagt hätte, ich
hätte ja alles erklären können. Aber ich
brachte einfach die Worte «die Wahrheit, die
ganze Wahrheit und nichts als die Wahrheit»
nicht über meine Lippen, so etwas konnte ich
doch nicht mit gutem Gewissen schwören.
Als einzige Zeugen der Verteidigung traten
meine Eltern auf, mein Vater sagte gar nichts,
und meine Mutter, nun, sie meinte es gut,
aber sie drückt sich nun einmal nicht sehr ge-
pflegt aus.

Guy Laporte war bei der Verhandlung dabei, aber er verließ den Gerichtssaal vor der
Urteilsverkündung. Er schwankte und mußte
sich auf seinen Begleiter stützen, einen auffal-
lend gutaussehenden jungen Fotografen mit
Motorradstiefeln, der mir irgendwie bekannt
vorkam…

50 JAHRE ROWOHLT ROTATIONS ROMANE

50 Taschenbücher im Jubiläumsformat
Einmalige Ausgabe

Paul Auster, *Schlagschatten*

Simone de Beauvoir, *Ein sanfter Tod*

Pinckney Benedict, *Der Tag, an dem ich Moon rausholte*

Tania Blixen, *Stürme*

Wolfgang Borchert, *Die Hundeblume*

Paul Bowles, *Die leichte Beute*

Richard Brautigan, *Wir brauchen mehr Gärten*

Rolf Dieter Brinkmann, *Guten Tag wie geht es so*

Harold Brodkey, *Eine nahezu klassische Story*

Albert Camus, *Der Abtrünnige*

Truman Capote, *Die Stimme aus der Wolke*

John Cheever, *Im Schatten der Ginflasche*

Roald Dahl, *Gelée Royale*

Friedrich Christian Delius, *Die Birnen von Ribbeck*

Irene Dische, *Mr. Lustgarten verliebt sich*

Deborah Eisenberg, *Wie es mit Chris war*

Carlos Fuentes, *Die Puppenprinzessin*

Elke Heidenreich, *Kleine Reise*

Ernest Hemingway, *Das kurze glückliche Leben
des Francis Macomber*

James Herriot, *Tricky Woo*

Mascha Kaléko, *Großstadtliebe*

Elsa Sophia von Kamphoevener, *Ali, der Meisterdieb*

Jack Kerouac, *Allein auf einem Berggipfel*

William Kotzwinkle, *Brief an einen Schwan*

50 JAHRE ROWOHLT ROTATIONS ROMANE

Helmut Krausser, *Das Liebesleben des Giacomo Müller*

Kathy Lette, *Er kommt um sieben*

Malcolm Lowry, *Hotelzimmer in Chartres*

Klaus Mann, *April, nutzlos vertan*

Henry Miller, *Das kleine Buch der Freunde*

Lorrie Moore, *Zwei Männer*

Paul Morand, *Amouren*

Alberto Moravia, *Ist er nicht reizend?*

Milena Moser, *Der junge Mann von gegenüber*

Harry Mulisch, *Das Standbild und die Uhr*

Robert Musil, *Allerhand Fragliches*

Vladimir Nabokov, *Der Zauberer*

Anaïs Nin, *Pfauenfedern*

Beth Nugent, *Heuschrecken*

Dorothy Parker, *Eine starke Blondine*

Rosamunde Pilcher, *Der Brombeertag*

Edgar Allan Poe, *Die schwarze Katze*

Thomas Pynchon, *Unter dem Siegel*

Philip Roth, *Das Lied verrät nicht seinen Mann*

Peter Rühmkorf, *Die Last, die Lust und die List*

Jean-Paul Sartre, *Briefe an Simone de Beauvoir 1926–1935*

Isaac Bashevis Singer, *Der seidene Kaftan*

Italo Svevo, *Mein Müßiggang*

Kurt Tucholsky, *Die Unterwelt der Gefühle*

John Updike, *Museen und Musen*

Joy Williams, *Die blauen Männer*

Programmänderungen vorbehalten